佐藤愛子の

# 役に立たない人生相談

佐藤愛子

ポプラ文庫

# 前もってのおことわり

かねてから私は人生相談というものは、たいして意味のあるものとは思っていませんでした。どこのどんな人かもわからない、気心の知れない人からいきなり相談を持ちかけられても、適切なアドバイスなど出来るわけがないのです。

早い話がご亭主の浮気に悩む奥さんからどうすればよいかと訊かれても、そのご亭主の浮気度その他、それについてのもろもろの知識がなければ適切な判断など出来るわけがないのです。ご亭主の人柄についての知識だけでなく、相談者についての知識も必要です。気の強い人か、弱い人か、ただそれだけで、答は違ってくるのですから。相談ごとの正しい解決なんてないのですから。相談者の方でもそれくらいはちゃんとわかっているのだけれど、「相談という形」で胸に詰まっている憤懣をさらけ出せばそれだけで憂さ晴らしが出来てスッキリするという効能を期待しているのだろうと、私は勝手に思い決めています。

だから回答者はただ「聞き上手」であればいいのです。相談者の悩みを、ただ一所懸命に聞く。その一所懸命さだけで相談者は心が晴れるのでしょうから。

当社の倉澤女史から人生相談の本を出したいという依頼が来た時、私はいいました。

「この私にひとの相談ごとに答えよだなんて、私がしたら、相談者を怒らせ、怖れおののかせるだけです」

倉澤女史は「それでもいい。いや、それがいいのです」といいました。びっくりさせ、怒らせ、失望させて正気に戻す！ それでは悩みごとを増やすだけになるのではないかと私はいいましたが、倉澤さん、それでもよろしいという。ショック療法というのもあるから、という。

それで出来たのがこの本です。

「マジメにやれェ」

とお怒りになる方がおられるかもしれませんが、責任は倉澤女史にあることをご承知下さい。

佐藤愛子

# 目次

# 佐藤愛子の役に立たない人生相談

# 賞味期限をせせら笑う祖母をなんとかしたい。

（十四歳女子・中学生）

Q

私は十四歳の中学生です。先生に私のおばあちゃんのことで相談にのってほしいのです。

私には今年八十になるおばあちゃんがいます。家は近所なので昔からよく遊びに行くのですが、その度にホットケーキを焼いてくれたりフレンチトーストを作ってくれたりします。おばあちゃんはとても料理上手です。部活が終わってからおばあちゃんちで食べるおやつはサイコーで、恥ずかしいくらいおかわりしてお母さんの作った晩ご飯が食べられなくなるほどです。

でも昨日、おばあちゃんちでオムライスを食べてショックなことがありました。食後のお片づけをしている時、出しっぱなしのケチャップをしまおうとして知ってしまったのです。ケチャップの賞味期限は二〇一四年の八月でした。今は二〇二〇年です。もう六年も前の（私が小学二年生の時のですよ！）ケチャップでおばあちゃんはオムライスを作っていたのです。

「おばあちゃん！　これ六年前のケチャップだよ」

と言うと、おばあちゃんは「いいんだよ」と言いました。

「だってこの前作ったトマトのスープだってそのケチャップだったけどなんともないだろう？」

それもショックでした。私はおばあちゃんの家に来るたびに賞味期限切れの食材を食べていたのです。

確かにお腹が痛くなるようなことは今まで一度もないのですが、さすがに六年前のケチャップとなると悩んでしまいます。心配になって調べたら「ケチャップは開封後は一か月を目安にお使いください」とありました。

「今はおおげさなんだよ」

と、おばあちゃんは言います。
おばあちゃんよりも、もっと長く生きている佐藤先生はどう思いますか？
アドバイスをください。

# A

## いやあ、ご立派！

あなたのおばあさまは日本のよき時代の主婦のカガミであります。日本のよき時代というのは、日本人がつつましく、不足不満を口にせず、何ごとにも謙虚に感謝をして質素倹約を旨として暮らしていた頃のことです。私もあなたのおばあさまと同じ時代の人間ですから、よくわかります。

そのころの日本の主婦は決して物を粗末にしませんでした。衣服はすり切れるまで着て、愈々(いよいよ)着られなくなると、それをほどいて子供の洋服を作ったり端布をつなぎ合わせて手提げを作ったり、とことん活用しました。その時代の日本は貧乏だったこともあるけれど、貧乏なら貧乏なりにそんなふうに家族のために工夫を凝らすのが主婦の才覚というものでした。

六年前のケチャップ！

いやあ、ご立派！　六年前というのはさすがの私もあっと驚く古さですが、それを使って作ったオムライスを食べても、お腹が痛くもならず、吐き下しもせず、しかも「おいしい」と思ったあなたも立派です。

おばあさまも素晴らしい、あなたも素晴らしい、ケチャップも素晴らしい！

そもそも「賞味期限」なんてもの、私は無視しています。消費者に捨てさせて新しく買わせようとする下心を隠すための陰謀ではないかと思っています。

人間には持って生まれた嗅覚、味覚、触覚というものがあり、それらの感覚の働きによって食品の良否を識別して生きて来た長い歴史があります。時々は感覚に頼って失敗することもあるけれど、失敗によって人間は進歩するものですから、それでよかったのです。

腹下しくらいなんだ、一日絶食すればいいってね、前向きでした。そして強い日本人になったのです。今は前もって失敗を防ぐことばかりに汲々としているものだから、人間力が育たないのです。

賞味期限を黙殺せよ！

私はこれを今年の標語としたい。

## 四十代、「老い」を感じ始めました。

（四十二歳男性・会社員）

# Q

四十歳を過ぎた頃から物忘れがひどくなり、人の名前や物の名前もすぐに出てこなくなりました。最近では小さな文字が見づらくなり始めています。

走ることが好きなので、夜や週末にはランニングを欠かさず、最近はスポーツジムにも通い始めました。そのおかげで、中年太りにもなっておらず、同世代の友人とくらべても、体は引き締まっていて若いと自負していたのですが、見た目とは関係ないところで「老い」が進行しているようです。

でも、自分の肉体的な老いの速度に気持ちがまったく追いつきません。

結婚二年目、妻は子供を持つことを望んでいますが、これからますます老いが進んでいくのかと思うと、あまり前向きな気持ちになれません。

テレビで「若年性認知症」の特集などを見ると、他人ごととは思えず、自覚症状がないかチェックしてしまいます。

どのように「老い」と向き合っていけばよいのでしょうか。

# 四十そこそこがなにをいっとる！

A

「見た目とは関係ないところで『老い』が進行している」って……。当たり前です。

機械だって、人間だって、樹木だって、建造物だって、古くなればそれなりに傷みが出てくるのは当然のことで、万物すべてそれを自然のこととして受け容れてきたのです。私たちの先祖も先輩、同輩、後輩、みな同じ道を通って死に到達するのです。

歎いても、あせっても、抵抗してもダメです。ダメなものはダメなんだ。認知症のチェックをしたって、防げるわけがない。そんなことをいくら気にしても、なるものはなるのです。

どのように「老い」と向き合うか、って向き合っても向き合わなくても、たいして違いはないと思いますよ。どっちにしたって日々、衰えて行くのだから。それを受け容れるほかに道はないのだから受け容れるしかないですね。人生の達人、名僧知識のご意見などを参考にして、達観への道を探って行くという方法が多分正しいのだろうけど、私的に答えるとしたら、ヤケクソになって、大酒でも飲み、女をたぶらかし、夫婦喧嘩に明け暮れて家庭不和に悩むというようなムチャをやれば、忙しくて「老いとの向き合い方」なんてどこかへケシ飛ぶと思います。四十そこそこがなにをいっとるんです！

ついでながら、一言つけ加えると、「老い」の先には「死」があるということです。どんな人にも必ず死は来ます。死後の世界があるかないか、「死ねば無になる」と考える人と、肉体は滅びても魂は滅びずに次の世界（四次元）へ行く、と考える人にだいたい二分されているけれど、こればかりは実証が不可能であるから断言は出来ないのです。

死ねば無になるのならこれほど楽なことはない。けれども次の世界があってそこへ行かなければならないのだとしたら（そこには天国もあり地獄もありその中間もある）、こりゃウカウカしていられないという気になって行く。こちらの世界では寿命があるけれど、あっちは永遠だというから、出来れば高い所へ行きたいと誰もが思うだろう。

私は老後というものは死後の世界へ行くための準備の時だと考えています。永遠にいるところなのだから、永久に地獄近辺でうろつくのはイヤだよね。

ではその準備とはどういうことかといわれるか？

しかし、今ここで述べ立てたところで、あなたはまだ若い。若年性認知症の特集を読んで自分をチェックしている人には、「老い」の先にある「死」の問題など語っても耳に入らんでしょう。今はやめます。あなたが六十を過ぎた頃になったら私のことを思い出して話を聞きに来て下さい。といいたいけれど、その頃は私は死んで、地獄の近辺をうろうろしてるかもしれませんな。

## 好きな人が一人に絞りきれません！

（二十五歳女性・会社員）

Q

私の悩みは、気が多いことです。ちょっと好みの男性に優しくされると、すぐに好きになってしまいます。

なまじまあまあ可愛いこともあって、男性に好意を寄せられることも多く、そうなると悪い癖だとは思うのですが、すぐにねんごろな関係になってしまいます。

いずれ一人の殿方と真剣におつき合いをし、結婚して子供をもうけたいと思っているのですが、世の中は魅力的な男性で溢れていて、どうやって一人に絞ればいいのかわかりません。

愛子さんは二度の結婚歴がおありと聞きました。かつてのダンナ様たちとは、どうやって結婚を決められたのですか？

ぜひともご教示くださいませ。

# 安心しなさい、そのうちモテなくなるから。

A

あなたのような人のことを世間では「男好き」といいます。
人によっては「尻軽」ともいう。
遊び人の男たちからは「サセ子」といわれているかもしれない。

「行ってみろ。あの女はすぐサセるから」

私ならこういいます。

「可愛いお人好し」と。

「世の中は魅力的な男性で溢れていて、どうやって一人に絞ればいいのかわかりません」

といっているのが、その証拠です。好意を寄せられると、すぐにねんごろになるというのもお人好しだからです。

「いずれ一人の殿方と真剣におつき合いをし、結婚して子供をもうけたい」

と考えているとか。そりゃムリね。

どんな夫がどんな結婚が理想なのか、あなたには今のところそれがないんじゃないの？

それがなくては選べないでしょ。「おつき合いをし、結婚して子供をもうけたい」なんていっても、そんなの夢の中のたわ言みたいなものですよ。

いうまでもなく結婚は遊びの延長じゃないです。社会という抜き差しならぬ巨大な現実に向かって進出して行く共同戦線の場です。その戦友としての価値はアソビでつき合っているうちはわからないのです。

世の中には魅力的な男性が溢れている、とあなたはいうけれど、遊んでいるときは雄々しく魅力的だった男が、「亭主」というものになると、日なたの雪だるまみたいになってしまうことが往々にしてあるのね。

どうもあなたはモテることばかりに気を取られて、自分から「愛する」という経験がないみたいですね。今はモテることで有頂天になっているみたいだけど、有頂天時代は結婚しない方がいいですよ。結婚はモテなくなってから考えた方がいい。

そういう時は必ず来ます。

来ないと思っているかもしれないけれど、来ます。

ところで私の二度の結婚について訊きたいらしいので答えます。

最初は戦時中で、適齢期の男性はみな戦場に行っていなくなっていくという時代です。それで急いで見合結婚をしたのです。結婚したいからではなく、諸般の事情から、しなければならなかったからです。その夫は麻薬中毒になって軍隊から帰って来て、そのうち死にました。

二度目は「文学」という共通の目標を持つ男でした。作家を目ざす私には「必要な」相手だったのです。

それにしても他人の結婚について知ったところで、それが何の役に立つのかしらねえ？　人間は千差万別。人は人、吾は吾。

## 母親のおしゃべりに辟易（へきえき）しています……。

（四十七歳女性・会社員）

# Q

七十八歳になる母は、数年前に父が亡くなってからずっと一人暮らし。

長くおつき合いのあるご近所さんもいて、今のところ不自由なく元気に生活していますが、やはり心配なので、週に一度は会社帰りに母の家に様子を見に行くようにしています。

ただ、そのたびに母のおしゃべりにつき合わされるのが、悩みの種です。一人の時間が長いせいで話したいことがよっぽど溜まってしまうのか、私の顔を見ると怒濤（どとう）のようにしゃべりだし、まったく止まらないんです。

いつも夕食を準備してくれているのはありがたいんですが、食事中もずっとしゃべり続けているため、落ち着いて味わうこともできません。

おまけに「あんたはどう思う？」とか「あの事件ってホントはこうだと思わない？」とか、いちいち私の意見を求めてくるので、適当に聞き流すこともできず、正直、辟易しています。

あるとき「私は仕事で疲れてるんだから、少し黙っててくれない？」と、ちょっときつい口調で言ったところ、おしゃべりはやめたものの、飼い猫を抱き上げて「怒られちゃったぁ。お疲れなんでちゅねぇ」と猫に言いつけていました……。まったくあきれるやら、腹が立つやら。

母もう高齢ですし、母娘で過ごす時間をもっと穏やかなものにしたいと思っているのですが、どうすればそれが実現できるでしょうか？

# 最後は猫に任せるしかないわね。

A　年寄りの習癖を直したいなんてムリです。子供にはどんなに悪い子でも修正能力がありますが、年寄りの修正は効きません（九十七歳の私がいうのだから間違いなし）。特に女のおしゃべりは直しようがない。生きるエネルギーが枯渇するまでは直りません。従ってあなたの望む状態が来る時は、母上との悲しいお別れの日が近づいて来ていることを意味します。

私の知り合いに度を越した女好きがいて、年齢、美醜にかかわらず女と見れば口説き寄るので有名な人でした。どこに魅力がある、という男でもないのに、口が達者というか、どことなく愛嬌があるといったところがあって、百発百中というわけにはいかないまでも、口説いた数の半分以上は成就するというふうで、妻女にいわせると「フン、ど厚かましいだけや」ということでしたが、別の老女性の論客にいわせると、「今の日本女性は全般に貞操の大切さを忘却しましたからね」ということになり、また別の女性は「あれは病気でしょう」の一言ですませ、浮気男の老母は「父親からの遺伝です」と（昔を思い出してか）語気も鋭く断言したのでした。

ところが彼の女好きは六十代に入って直りました。つまりかつては彼の精嚢（せいのう）に常に充満していた精液、出しても出しても溜まる一方だったものが、なぜか溜まらなくなったのでした。昔からいう腎虚（じんきょ）というやつですね。

腎虚——腎気（精力）欠乏に起因する病症の総称。俗に房事過度のためにおこる衰弱症、と広辞苑は教えています。

このことを思い出すと、おしゃべり病にも「おしゃべり過度のためにおこる衰弱症」という現象が起きはしないものか、かすかな希望が生まれます。どうでしょうか、ここいっときの修行、と思って、徹底的に母上のおしゃべりにつき合って衰弱させる、という手段をとってみては？

あなたは優しすぎるようだから、母上の気に入るような受け答えをして、ますます調子を出させているのではないですか？

「はァー、ふーん。へーえ」

だけをくり返してごらんなさい。空気が抜けていく風船ふうにするんです。朝から寝るまで、母上の所に居つづけて「空気の抜けた風船」をやってごらん。二日か三日つづければだんだん萎えていく筈です。しゃべり甲斐がなくて、イヤになってくる。もう年だから、そうつづかないでしょう。それでも駄目なら、あなたの方がしゃべってしゃべってしゃべりまくり、しゃべり勝ちするまで、戦うのです。ぶっ倒れてもやめないぞという気迫でやって下さい。

なんていいかげんな、と怒らないで下さい。これでもない知恵を絞って一所懸命考えたんですから。そんなこと出来るわけがない、したくもない、といわれるのなら、仕方ない、猫に任せるしかないですな。

## もうすぐ三十歳、知的で教養のある女性になりたい。

(二十九歳女性・自営業)

Q

フリーランスで、ウェブや雑誌のライターの仕事をしています。仕事柄、目上の人にお会いする機会が多いのですが、そういう方とお話ししていると、自分の教養のなさや薄っぺらさが恥ずかしくなり、話がうまく広げられなくなってしまいます。

セミナーや講座に通ってみたこともありますが、あまり役立つとは思えず、どんな勉強をすればいいのかわかりません。

話題が豊富で教養もある、本当に知的な人になるには、なにをどう勉強したらよいでしょうか。

## あんた、ナニ寝言いってんの！

A

ウェブや雑誌のライター仕事をしているという二十九歳のお嬢さん。話題が豊富で教養もある知的な人になるには何を勉強したらよいのか、って。あんた、ナニ寝言いってんの、といいたい。

そんなこと、他人に相談してどうなるの。

駅の切符売り場で、わたし、どこへ行ったらいいですか、と訊くようなものですよ。

雑誌のライターをしているって、どんな雑誌の、どんな仕事なのか、まずそれを私は知りたい。ライターという以上は、人の意見をまとめたり、情報を読者に伝達する仕事だろうから、その仕事をこなしていくうちに、いやでも知識は深まり、広がって行くでしょうが。

もしかしたらあなたは、知的な人というのは「知識の分量が多い」人のことだと考えているんじゃないでしょうね？　セミナーやいろいろな講座に通った人にもアホはいます。上っ面に知識を貼りつけただけで、深く考え咀嚼しないからです。知識を血肉化するには、「経験」が必要です。経験の裏づけとして知識がある人。人間的魅力はそういう人に宿るのです。

例えば友達から苦しい話を打ち明けられた人が、ニイチェは、パスカルは、こういっているなどといって励ましても、何の肥しにもならない。苦しんでいる人が求めているのは、素朴な慰め、ない知恵を絞って一緒に解決の道を考えてくれる「真情」なのだということがわかっている人、それが教養ある知的な人なんです。

話題なんか豊富でなくてもいいのですよ。人の話を心を傾けて熱心に聞く。質問する。なるほど、と思えば大きく頷く。「聞き上手」になればいいんです。

本当に知的な人になるには、なにをどう勉強したらいいかって？　そんなことを考えているうちは、知的になるのはムリ。

本当に知的な人になるには長い時間、年月がかかるのです。知識が人間的魅力になるまでは。

## これが「老いらくの恋」なのでしょうか。

（七十五歳男性・無職）

**Q** 四十数年連れ添った妻を亡くして五年、三人の子供たちもそれぞれ一家を構え、五人いる孫ももう大学生や高校生です。

我が家はかつての庄屋で、私は先祖伝来の土地と家を守って、生まれた土地を離れずに過ごしてきました。妻とは親のすすめるままに結婚しましたが、気だてのやさしい女で私の両親によく仕えてくれ、子供たちも立派に育ててくれました。

子供たちは自由に好きな道に進ませたので、みな都会に居を定め、近くには誰もおりません。まあ、それもよし、この古い屋敷と私とどちらが先に朽ちるか競争だなどと笑っておりましたが、妻の急逝によって、思いがけず一人暮らしとなってしまいました。

子供たちは心配して同居をと言ってくれますが、今さら都会に住む気にはなれません。とはいえ、何気ない会話を交わす相手がいないのはやはり寂しく、この五年間の暮らしは味気ないものでした。

しかし、そんな日常に突然彩りが生まれました。月に一度、土地の年寄りが集まる会合があり、私はその束ね役を務めているのですが、最近、それを手伝ってくれるボランティアの女性が現れたのです。彼女は隣町に住んでおり、ご主人を亡くして子供もいないため、地域のボランティア活動を始めたとのこと。

私よりひと回りほど下の六十代で、特別な美人というわけではありませんが、笑顔がなんともやさしく、彼女と会った日は気持ちがあたたまるように感じます。本や音楽の話題などで話も弾み、一緒にいるととても楽しいのです。先日、この人がずっとそばにいてくれたらとふと夢想してしまい、そんな自分に驚きました。

これが「老いらくの恋」というものなのでしょうか。小説や映画のようなことがまさか自分に起こるとは……ひどく恥ずかしいような、それでいて嬉しいような、ふしぎな気持ちに戸惑っております。

彼女にこの気持ちを打ち明けるべきか、いや、相手にその気がなければ気まずくなってしまうなど、心は千々（ちぢ）に乱れるばかり。

こんな歳の男からの恋愛相談など失笑されるかもしれませんが、なにとぞお力をお貸し下さい。

# 「当たって砕けろ」とはいえないわねえ。

# A

恋心を抱いてとつおいつしているあなた、今が一番幸せな時ですね。

この気持を打ち明けるべきか、抑えるべきか。心が千々に乱れる七十五歳。いや結構ですなあ。羨ましい。だいたいそれくらい年をとると、恋の心が千々に乱れている後輩を見て、何をやってるんだ、しっかりしろ、鏡をよく見て自分のツラと相談しろ、などと悪態をついているものですよ。

それが「これが恋というものか！」などとロマンチックな気分になって、恥ずかしいような、嬉しいような、ふしぎな気持に戸惑っておられる！

「なにとぞお力をお貸し下さい」といわれても、力の貸しようがない。彼女がどんな気持でいるのか、私がしゃしゃり出て訊くわけにもいかず、かといって、

「当たって砕けなさい」

と無責任にいえず（当たって砕けよ、といえる場合は、その人に広い未来が開けていて、砕けてもその都度、起き上がる力がある場合ゆえ）。

考えられることは、じわじわと寄って行って、本や音楽の話ではなく、もう

少し現実的な、彼女がどんな生活をしているのか、退屈しているのかいないのか、気晴らしを求めているのかいないのか、男はもうコリゴリと思うような過去があったのかないのか、そういう細々（こまごま）したことを聞き出すことから始める。だって今、あなたにとって彼女は「笑顔がやさしく、会えば気持があたたまり、本や音楽の話題で話が弾む」、だからずっとそばにいてくれたら、と夢想してしまう、その程度のことしかわかっていないんじゃないですか。人前では優しい微笑を与える愛想のいい人なのに、家では「笑っては損」といわんばかりの無表情、無愛想な奥さんだっていますからね。

もしこの恋が成就した時のために私の心配を一言。

女が一人で生き抜くということは、他人にはわからない苦労を越えてきているということです。その苦労に磨かれて他人との接し方、気遣い、優しい笑顔、話の相槌のうち方（面白くないけど、さも面白そうに笑うとか）等々を身につけています。そこが苦労なしの若い女とは違う、油断が出来ないところです。

その上にもう一つ、女にとっての「世間の男性」と「夫」とはまるきり別モノなんですよ。夫の前では平気でおならをするけれど、人前ではしないでしょ？　若い奥さんは「あら、ごめん」と謝るけれど、老妻になるとごめんもいわなくなる。知らん顔してる。

「老いらくの恋」とは平然とおならを聞かせ合える仲なのか。そこまでは行かない関係なのか。それらすべて熟考の上、承知している、覚悟は出来ている、というのであれば、まっしぐらに突進しなされ。

あとはどうなってもわたしは知らんよ。

# 娘の「本気」を、どうすれば勉強にも向けられますか。

（四十五歳女性・会社員）

Q

中学一年の娘を持つ母親です。

中学に入ってから中間、期末とこれまで四回の定期試験が行われましたが、あまりの点数の低さに愕然としています。

特に、歴史、地理、理科のような暗記モノの点数が軒並み低くて、平均点が五十点のテストで四十点くらいしか取れておらず、かなり絶望的な気持ちになってきました。

スポーツや演劇、音楽など、いろいろなことに興味を持つ子で、学校ではダンス部に入って熱心に活動しています。十代のうちは伸び伸びと、好きなことをどんどんやらせたいと考えているので、塾には行かせていません。

運動会や文化祭ではクラスのまとめ役としてがんばっていて、先生からも「この本気が勉強にもあればいいと思うのですが……」といわれます。

いまの一番の悩みは、入学当初、こういうテストでは「八割くらいは取ってほしい」と思っていたのに、すでに「平均点以上取ればいい」というムードが家庭内に漂ってしまっていることです。

そもそもの目標値が低いと、いろいろなことがだめになると思うのですが、先生はどのようにお考えになりますか。

また、よそのご家庭では、テストの点が平均より低かったら「部活をやめる」「スマホを取り上げる」などのルールを設けているようです。

部活を途中でやめるのはよくないと思いますし、スマホはそもそも持たせていませんが、テストの点数をあげるために、こうした何らかの「取り決め」を、子供との間にしたほうがいいのでしょうか。

# 点数でおろおろするのは愚の骨頂！

A

人間の値打ちを「点数」（ひいては学力）なんかで決めるのは愚の骨頂です。それがかねてよりの私の主張です。中学一年の娘さんは平均点五十点のテストで四十点？

上等じゃないですか。それで絶望的な気持になるとはあなたも困った母親ですな。私なら「上等上等」といって褒めてやりますよ。

私のところには中学や高校の国語のテストの問題が送られてくることが時々あるけれど（問題に私のエッセイの一部分が取り上げられているため）、その質問のし方を見ると、思わず「なんじゃ、これは」と口走ってしまいます（私だけじゃなく、仲間の作家の中にも同意見の人が沢山います）。

数学や歴史などの答は明確な事実を答えればいい。しかし国語に於いては（漢字の間違いや文法の誤りを指摘するのならいいけれども）、「文章の解釈」についての明確な答というものは、本来ないものだと私は考えています。人は千差万別、いろいろな価値観、感性、理解力を持っていて、そのどれが正解で、どれが正しくないとはいえないものです。それは「その人なり」の感想なので、それが違うといって正させる必要はない。「いずれわかる」というものです。そしていずれわかるためには、早くからそれは×、これが○だと決めた教え方をされないことが必要なんじゃないかしらね。

採点者の先生が「作者の意図を汲み取る能力あり」と認めてよい点をつけたとしても、先生に何がわかる。それを書いた当の作家は居心地の悪い思いで困っている。文章というものの真実は厳密にいうとそれを書いた作者にしかわからないもので、いろんな人がいろんな受け止め方、感じ方をしても、それは間違っているといえるのは作者しかいないのです。しかし、作者だって、その受け取り方は間違っている、と頭から×をつけたりはしない。こういう読み方もあるんだなあ、と思うだけ。文章に「正しい答」というものはないのです（あるとしたらそれは「訓戒の書」「人生訓」「修養書」のたぐいです）。

話をテスト問題に戻しましょう。

問題にはあらかじめ、あるフレーズに対する解釈が五つくらい並んでいて、そのうちの正しいと思うものに〇をつけよ、という形式になっている。そこで当てずっぽうに〇をつけたら、正解になるというクジ運の強い子がいて、こういう運の強さを持っている子がたいした勉強もせずにいい点を得て出世して行くのでしょう。

点数と人生の関係なんて何もないのです。人が内包している可能性は点数の中になんかないのです。

人生を決めるのは可能性に賭けることが出来るかどうかにかかっています。それが私の持論です。その可能性はいつとはいえないがいつか、自然な形で見えてくるもので、それをはぐくみ育て、伸ばして行く。それが人生の面白さです。それは塾やテストの点にこだわっていては見つからないものです。

## 言葉遣いが悪すぎる彼女は「ありえない」？

（十九歳男子・大学生）

# Q

この春、男子校から共学の大学に入り、念願の彼女ができました。映画サークルで知り合った同級生です。僕は男に媚びるような女っぽいタイプより、サバサバした男みたいな女の子の方が好みなので彼女は僕にぴったりでした。彼女は僕を「お前」と呼んだりしますが、全然気になりません。「しっかりせえや」とか言ったりするのも面白くて笑えます。けれどこの間、二人でスポッチャに行った時から「もしかしたら少し違うかもしれない」と考えるようになりました。

スポッチャというのはいろんなスポーツが楽しめる施設です。僕たちはそこでバドミントンをしました。実は僕はラケットを振るような競技はあまり得意ではないのですが、その時は彼女のリクエストに応えたい、と思ったのです。

案の定、僕はミスばかり繰り返しました。最初のうちこそ彼女も笑っていましたが、次第にイライラしてきたらしく、

「球に喰らいついていかんかい！」とか「動けっつってるだろうが！」と声を荒らげるようになりました。

「キサマ、どこに目をつけてる！」

と言われた時は、これは彼女とデートというより軍曹と軍事訓練をしているようだ、と思いました。

それ以来、彼女は僕を「キサマ」と呼びます。

「なんだか軍隊みたいだね」

と言ったら「キサマが軍隊に入るようじゃ日本もおしまいだ」と言われました。思わず僕は笑いましたが、友達は「ありえない」と呆れます。そう言われたらそんな気もしてきて……。

佐藤先生はどう思われますか？
彼女はありえないのでしょうか？

# しっかりせえ！ それでも男か！

**A** 「キサマが軍隊に入るようじゃ日本もおしまいだ」には思わず笑いました。あなたは笑うどころじゃないと思うのですが、しかし「思わず僕は笑いましたが」とあるところを見ると、彼女の言葉が的を射ていることを認めたからじゃないんですか。しかも後に友達から「ありえない」といわれて、「そんな気もしてきた」とか。察するにあなたはあなたの友達が思うほど彼女の「男らしさ」を不快に感じてはいないように思われます。

キサマ呼ばわりされてもムッとしないということは、彼女と気が合っているか、それともマゾか、それとも本当はそんな荒らくれ女ではなく、これは彼女なりの親愛の表現、あるいは彼女の癖、育ち方のせいだと思って許すという、大らかな気質の人なのか、そこいらへんがよくわかりませんが、バドミントンをしてもミスばかりという不器用さを思うと、あなたはすべてに不器用で鈍感、それが彼女を苛立たせているのかもしれない。だとしたら、あなたは彼女を変えようとするよりも、反省して反撃攻勢に出ないかぎり、何も解決しませんね。

けれども反撃なんてとても出来ません、というアカンタレであれば、今のところ、それなりに均衡が取れているようなので、キサマ呼ばわりに甘んじているのがいいと思います。

余計かもしれないけれど、追記を少し。

「どう思われますか？　彼女はありえないのでしょうか？」

なんて情けないことを訊くな！　しっかりせえ、キサマ！　それでも男か！

とホントはいいたい。

# 定年退職した夫がうっとうしい。

（六十二歳女性・主婦）

Q

仕事人間だった夫が、昨年六十五歳の定年を迎えて、毎日家にいるようになりました。

少し前から覚悟はしていたものの、これがとんでもなくうっとうしいのです！

夫自身も、六十歳頃から「趣味の一つでもないと定年後にお荷物になっちゃうからな」などといって、休日になると釣りやら山登りやらに出かけるようになっていたので、これなら安心と思っていたのですが、退職してからしばらくたつと、釣りにも山にもほとんど行かなくなってしまいました。

よくよく聞いてみると、趣味の仲間は会社の同僚たちで、それもみんな夫より年下のため、まだ現役の会社員。最初のうちは以前のように休日に誘い合って出かけて行ったのですが、共通の話題といえばやはり会社のことで、そこを離れた夫は、話についていけずに次第に疎外感をおぼえるようになってしまったようです。

でも、だからといって「やっぱりこれからは家庭が一番、家族と過ごす時間を充実させるよ！」と宣言されても困ります。

家族といっても、二人の子供はとっくに独立していますから、一緒に過ごすのは私だけ。でも、私の趣味は宝塚と美術館めぐり、文化的なことへの関心も素養もない夫とはまったく合いません。

子供たちが大きくなってから、友人たちとのランチ食べ歩きや年に数回の温泉めぐりも楽しんでいますが、出かけようとするたび、「どこへ行くの？」「何時に帰ってくるの？」などといちいち聞かれると、楽しさも半減してしまいます。

「子供みたいに私にまとわりつかないで！」といいそうになるのを必死で飲み込んでいる毎日です。

夫の目を外に向けるにはどうすればいいのでしょう？

## 「ピチピチ」か「デレデレ」を探しなさい。

# A

ご主人は水と日光が不足した日蔭の草花みたいになっておられるんですね。
まず水と太陽の光を与えること、この場合は若いピチピチした女の子をあてがう。六十五歳ならまだピチピチに反応する力はあると思います。もっとも水と日光役になることを引き受けるピチピチを見つけるのが大変だとは思うけど。

見つからないようなら、連れ合いをなくして三年。看病疲れも癒えて何となく独り身がもの足りなく、しらずしらず色香が滲み出てしまっている男恋しい後家さんはどうかしら。この際、器量の方は別問題にして、情が濃いことが第一条件です。あなたにつきまとうエネルギーを涸らしてしまうほど、デレデレする人がいい。

しかしピチピチにもデレデレにも心を奪われず、あなたの露骨な「いやァな顔」にも何も感じないで、あなたにつきまとうことが習慣というより病的になってしまっているとしたら、……こりゃもう、どうにもならんですね。

あと少しのガマン、と思って辛抱するしか。いつかやがては必ずつきまとう力がなくなる日が来ます。自然の摂理です。

なに？　「あと少しの辛抱」というけれど、二十年も三十年も長生きされたらどうしてくれるって?
その時はあなたもヨレヨレ婆さんになっているから、それでいいのです。それが人生です。

追記
あなたも若い頃にはご主人のおかげで楽しいこともいろいろあったことでしょうからね。それを思い出して下さい。
いわずもがなのことだけど。
はっきりいうけど、少しは目を自分というものに向けた方がいい。

## サプライズ好きな彼氏、どうしたらやめてもらえるでしょう？

（二十七歳女性・会社員）

Q

つき合って一年ほどになる彼氏のことでご相談させてください。

彼はとってもポジティブな明るい性格で、すぐネガティブに考えがちな私をいつも元気づけてくれます。彼も私の「思慮深いところが好き」と言ってくれて、私たちはお互いに補い合える理想的なカップルだと思っています。

でも、一つだけどうしてもダメなところがあって……彼はサプライズが大好きなんです！　そもそも人を喜ばせるのが好きなたちで、お誕生日などの特別な日だけでなく、ちょっとしたきっかけを見つけてはプレゼントを贈ってくれます。

そのこと自体はすごく嬉しいのですが、そこに必ず「サプライズ！」の仕掛けがあるのが問題なんです。

たとえば、先日のお誕生日では、突然レストランの明かりが消えてろうそくの灯ったバースデイケーキが運ばれてきました。それだけならよくあることでしょうが、そこに楽器を持った人たちが現れて「ハッピィバースデイ♪」の生演奏が始まったのです！　お店中から湧き起こる拍手、まったく知らない人たちからの「おめでとう！」の声、私は急に驚かされるのも、人に注目されるのもすごく苦手なので、恥ずかしくて恥ずかしくて泣き出しそうでした。

でも、涙目になっている私を見て、彼は「感動してもらえた！」と思い込んでしまったみたいで、私のためにいろいろ考えてくれたんだと思うと、「こういうのはやめてほしい」となかなか言い出せません。

先生は「フラッシュモブ」というパフォーマンスをご存じでしょうか？

最近、サプライズの演出によく使われるのですが、公園や道などの公共の場で、ただの通行人に見える人たちが突然いっせいに踊り出したり楽器を演奏したりして、周囲を驚かせて場を盛り上げるというものです。

先日、彼とテレビを見ていたら、そのフラッシュモブでプロポーズを成功させたという話題が取り上げられていて、彼は興味津々の様子でした。もしこんなプロポーズをされたら、私は絶対その場から逃げ出してしまいます。

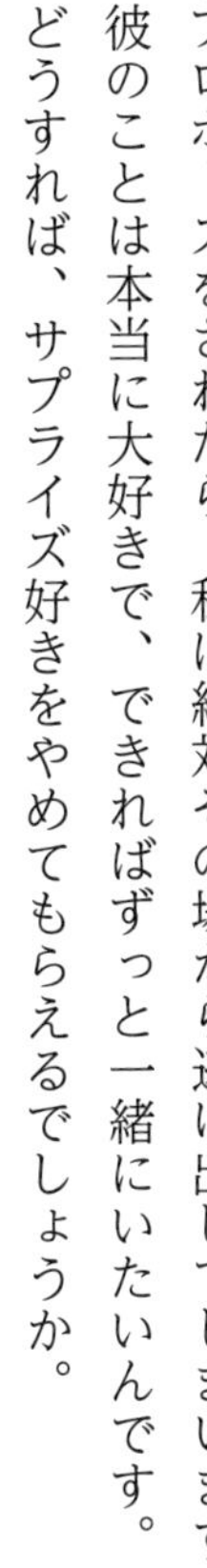

彼のことは本当に大好きで、できればずっと一緒にいたいんです。

どうすれば、サプライズ好きをやめてもらえるでしょうか。

# 人を変えるなんて無理な話ですよ。

**A**

人の欠点がどんなに気になっても、それを直そうなどと考えない方がいい。

人間というものは皆それぞれ、自分の気に入る生き方をしているものだから、こういう点を直せといわれても、その必要を感じなければ聞き流すだけです。「自分はこういう人間なんだ、こういうところがいいんだ」と自認しているのですから、そう簡単に変わろうとしない。忠告が効果を上げる時は、彼自身が失敗をして考え込んでいる時くらいじゃないですかね。

だからサプライズ好きの彼にバカげたサプライズをやめさせようとしてもなかなか難しいのです。

「私はこういうことダメなのよ、恥ずかしいからやめて」

一度や二度そういったくらいでは効力はないでしょうからね。泣く、怒る、逆上する、叩く、蹴る、つまり驚愕させ怯えさせるという荒療治もあるけれど、あなたにはムリでしょう。

結局、あなた自身がサプライズ好きになることしかありませんね。

彼が大好きなんでしょう？　それなら自分の趣味、感性を変えることくらい出来るでしょう？　出来ないのならそれほど大好きではないのだと自覚して別れるしかないです。


しかしまあ、あなたの彼氏は無邪気な人ですねえ。余計なことだけど、彼は会社勤めですか？　だとしたら会社の催しなんかの余興係として手腕を発揮して、なくてはならぬ人として出世するかも。それを楽しみに我慢する手もあります。

## 娘の服の趣味がおかしい。将来が心配です。

（五十七歳女性・主婦）

Q

二十五歳になる私の娘のことでご相談します。娘の服の趣味がおかしいのです。

先日は友達と飲みに行くのに大きなお化けの絵のついたポンチョのようなカットソーを着て行きました。ふんわりと大きなそれはまるでシーツをかぶったようで、下はショートパンツを穿(は)いていたのですが、何も穿いていないように見えました。

「どう？」

と出かける時に聞いてきたので、内心てるてる坊主みたいだな、と思いましたが「寒いから上着を着て行ったら」とだけ言いました。

私には娘が年頃になったらしてほしい格好がありました。丈の長いふんわりとした甘い色のスカートにつばのついた小さな帽子、小花のついたカーディガンなどです。聞くところによると「ゆるふわ（ゆるくてふわりとした服）」とか「森ガール（森にいそうなメルヘンな感じのファッション）」というそうです。そんな格好の娘と軽井沢や那須高原に行く、それが私の夢だったのです（その時、娘には籐でできたカゴを持ってもらいたいと思います）。

ところが彼女はなぜかお化けに凝り始め、西洋のオバケが「ブー」といっているTシャツに悪魔の羽のついたキャップをかぶってとくとくとしています。当然、彼氏はいません。

この先、彼女はどうなるのかと思います。男の人だって色気がない上に変わり者のオバケおたくなんか嫌がるに決まっています。口数の少ない夫もお化けが飛び交ってるTシャツに網タイツを穿いた娘がお墓参りに行こうとした時は「もう、たいがいにしてくれ」と泣き顔になっていました。

私は娘の将来を心配しています。どうしたらいいでしょう。

## そんなもの、心配したって無駄!

A

七十数年前、日本は戦争に負け、その結果としてアメリカ文化がどっと流入し、日本古来の伝統ばかりか感性、価値観すべて脇道へ押しやられ、時を経るに従ってこの国は男も女も異人種の寄せ集めになり果てました。

もはや何でもありの時代です。そのうち男がスカートを穿いて頭に花をつけ、女はふんどしを締め化粧廻しを垂らして歩くようになるでしょう。何があってもう誰も驚かない。

娘の将来？

そんなもの心配したって無駄です。

彼氏がいないことを心配しておられるようだけど、心配無用。変化したのは女だけじゃないんですから。

結婚相手がいないことを心配するより、むしろ私は娘さんに彼氏が出来たとき、現れた彼を見て、ナイーブなあなたがどんなショックを受けるか、そこから立ち直ることが出来るかどうかを心配します。

娘さんと彼氏が二人揃って「毎日がハロウィーン・パーティ」みたいな日々になることは覚悟しておいた方がいい。

何が来ても驚かない覚悟が大切です。心配するよりも覚悟を固めて将来に備えることです。

# 消費欲が止まらない！

（二十八歳男性・会社員）

Q 自他共に認める趣味の多い人間です。ついつい好きな本、お酒や洋服などにお金を費やしてしまい、まったく貯金が出来ません。

友人たちと居酒屋で飲むのも大好きですが、一人でゆっくり楽しみたいのはスコッチウィスキーで、分不相応にシングルモルトをコレクションしています。洋服にも自分なりのこだわりがあり、多少高くても上質のものを身につけたいので、ユニクロなどの安価なファストファッションにはまったく興味が湧きません。また、大好きな本や映画、音楽にはお金を惜しみたくないですし、最近は芝居や古典芸能にも興味が湧いています。

とはいえ、決して高給取りではないので、使えるお金には限りがあり、毎月、給料日前になると後悔しています。

この止まらない消費欲と、どうつき合ったらいいのでしょうか。

# 欲望を止められないのは、ただのアカンタレ。

A

こりゃ一種の中毒ですね。
どうつき合ったらいいのか、って。
つき合うもヘチマも、そんなこと、他人に訊いたってしょうがない。早い話が、欲望を制御すればいいだけのことなのだけれど、それが不可能というアカンタレであれば、仕方なし。とことん買いまくり飲みまくり、贅沢三昧して金がなくなればサラキンに借金するなり、請求書を踏み倒して逃げまくるなり、泥棒するなりして、やがてはどん底に落ちるでしょう。

そして死ぬ時は、オレはオレなりにしたいことすべてやった、思い残すことは何もない、と深い満足感をもって死ぬ、それが大事です。思い残すことのない人生は、誰でも持てるというものではないのですからね。

ゆめ、後悔なんかしてはイカンですよ。もしかして後悔するかもしれない……なんて思うのなら、やめなさい。

## ネガティブな性格の母に、前向きになってほしい！

（四十五歳女性・会社員）

# Q

私の悩みは、七十代半ばの実家の母のことです。

母は四人きょうだいの長女で、面倒見のよさがやや度を越してしまっている、いわゆる「仕切り屋」タイプです。

子供は私と姉の二人ですが、私たちが子供の頃は常に家族を取り仕切って、活発に動き回っていました。

ただ、常に人との比較をしてしまうところがあって、自分より幸せそうな人、楽しそうな人を見ては羨んだり、自分はダメだと思ってしまうようなネガティブな性格なのです。

その連れ合いである父はとにかくポジティブで前向き、社交的で明るい性格です。脱サラして骨董屋を営んでおり、店のお客さんや趣味の仲間など、いつもたくさんの友人に囲まれています。

まったく真逆の性格のため、父と母の意見は常にぶつかり合っています。子供たちが独立して、今は父しか仕切れる相手がいないのに、父が自分の言うことを聞かず自由に行動しているのが不満なのだと思います。

まわりの友人は元気な孫たちに囲まれて楽しそうなのに、何で私だけ……とか、あそこのご主人はいつも奥さんと一緒なのに、うちのお父さんは一人で好き勝手してばかり……など、たまに実家に帰って母と話をすると、そんなネガティブ発言が止まらず、しまいには「私なんて生きていてもしょうがない」と泣き出して、手がつけられなくなってしまいます。

私は早くから親元を離れ、仕事に明け暮れていたら四十代半ばで独身という状況なのですが、性格が父に似て楽天的なせいか、まあそれもいいかなとのんきに暮らしています。

若い頃は、何かと干渉したがる母が苦手でしたが、大人になった今では、愛情をかけて育ててもらったことを身にしみて感じ、心から感謝しています。母には、元気で生き甲斐をもって暮らしていってほしいのです。

九十代になられてなお、お元気で精力的に執筆活動をされている愛子先生に、ぜひ母に向けてのアドバイスをお願いいたします。

# 今となってはもう遅い。

A

親のお説教、先生のお説教、坊さんのお説教、説教好きの町内会長のお説教。お説教をする人はみなそのお説教が相手の役に立つものと信じてお説教をするのだけれど、そのお説教が役に立ったという話はあまり聞いたことがない。

聞き流してしまうのは、その時その人はお説教を必要としていない心の状態にあるからで、その後、何かに失敗するとか、災難に巻き込まれる、不測の事態が起きた、なんてことになった時に、以前聞いたお説教の端々が思い出され、

「なるほど。あの時いわれたことはこういうことだったのだ！」

と膝を打つ。そこで初めてかつてのお説教が実を結ぶ、ということです。

それが人間というものなんですねえ。

人間が成長するのは、苦労に直面した時です。いくら人の道を説いても、常識とはどういうことかを教えても、必要がないうちは右の耳から左に抜けて行くというあんばいになるだけです。

自分から自分は変わらなければならないと思わないうちは、人は変わらない。それも年を取れば取るほど、長年生きてくる上で身についた価値観、習慣、癖などに苔が生えて自信になり、動きがとれなくなる。

七十代になった母上に、元気で生き甲斐をもって暮らしてほしい、といわれるけれど、それは無理であり、いうだけ無駄というものではないかしらん。

おそらく母上にとって何が楽しいかといえば、他人と自分を引き較べ、愚痴をグチグチいうことなんですよ。はりきってすべてを思うままに仕切って来た人が年をとって、仕切る力も立場もなくなってきた。それが愚痴や他人の批評になって行く可能性はありますね。

孝行娘のあなた。母上にいつまでも元気で生き甲斐をもって暮らしてほしいと願うのなら、母上の愚痴や他人の批評悪口をマトモに受け止めてあげるしかないんじゃないか。愚痴不満をいうことは母上の元気の源なのです。

生き甲斐というものは人それぞれ違うのね。

そう考えると今更、母上に常識的なアドバイスをする必要はないことに気がつくでしょう。今となってはもう遅いのよ。人間は自分がしたいことをするのが一番幸せなのだから。あなたが幸せと思うことと、母上が幸せを感じることは違うのだから。心配してもしかたがない。ふんふん、と聞いて同調する。たまには、反対してみたりする。すると反対に対する反論が始まり、そこでまた新しい元気が湧いてくる。それが健康のしるし。めでたいことだと思うわけにはいかないかしら?

# 人生に「夢」は必要なんですか。

（二十歳男性・大学生）

Q

オリンピックで金メダルをとったアスリートや、何かで賞をもらった人とかが、「夢をあきらめずにやってきたからここまでこられた」「あきらめなければ夢は必ず叶う」ということをよくいいますが、そんなの嘘だろうっていつも思います。

どんなに一生懸命やったって、みんながイチローみたいになれるわけじゃないでしょう。歌手や俳優、作家だって一緒ですよね。才能はもちろん運も必要だし、夢を本当に叶えられるのは特別な人だけだって、みんなわかってると思うんですよ。

それなのに、子供には「夢を持つことが大切」「夢を持とう」っていいますよね。僕は子供の頃も今も、特別な夢とかないから、自分はダメなんだって落ち込んだこともありました。でも、今は、普通の人生を送るのに夢なんて必要ないと思っています。

大人だって夢を叶えてない人が大半なのに、なぜ「夢を持て」なんていうんですか。それとも、人生には夢が必要なんですか。

## そんな屁理屈より考えることがあるでしょ。

# A

戦争中、食糧が何もなく、いつもお腹を空かせていた子供の夢は、タラフク食べることだった。

意地悪姑に虐(いじ)められていた若嫁にとっては、いつか姑が死ぬことが夢だった。そのうちにあのバアサンも死ぬ。そうしたら私の天下だ……その夢は可哀そうな若嫁の辛い日常を励ます灯になっていた。

イチローのようになることは多くの子供の夢だ。いいじゃないですか。なれっこなくてもその壮大な夢はその子を力づけるんだから。

「あなたの夢は何？」

「美人になって、男性の目を惹くこと」

と自他共に許すブスが答えた。美容整形の技術などなかった時代（私の娘時代）の話です。

「それは彼女には切実な夢だろうねえ……」

と彼女の友人の一人がしみじみいったのは、それはつまり、ツリ目、ハナペチャ、出ッ歯はたとえ万金を積んでもどうすることも出来ない「厳然として動かすことの出来ない事実」だからだった。

今なら、ハナペチャもツリ目も出ッ歯も、時と金があればすぐにでも解決出来ることだから、美人になる夢はもう夢ではなくなった。そのためか、巷(ちまた)には美人が溢れ、今ではブスを探すのに苦労しなければならない。

溢れる美人がなんだかみな姉妹のように似ていて、パッチリ眼(マナコ)に絵に描いたようなカッコいい鼻、すぼまった顎、この人はこの前、紹介された人か、初対面の人か、いつか会ったことあるような……？　老耄(ろうもう)の兆(きざし)のある私などは、区別がつかなくて途方に暮れるけれど、とにかく同じような美人が氾濫していて、飽き飽きする。この分でいくと今にブスはいないか、ブス恋し、という風潮が生まれるのではないか。


夢はないよりはあった方がいいけれど、夢は叶えるものではなく、胸底に抱きあたためているものだ。

「普通の人生を送るのに夢なんて必要ない」と思っている二十歳の大学生さん

よ。

夢を叶えてない人が大半なのに、なぜ「夢を持て」なんていうか、と開き直っているあんたさん。人生は思い通りには行かないということを十分わかっている学生さんよ。

夢を持っても持たなくても、その人の人生にたいして変化はないと私も思う。イチローは夢を持ったから世界のイチローになったのではなく、要するに才能と努力が実ったということだろう。根本に野球が好きだったから、ということがある。それだけのことです。好きだったから辛い努力が出来た。好きでもないのに夢だけ膨らませてもそりゃどうにもならんわね。

人生に夢は必要かどうかなんて、そんな屁のツッパリにもならん理屈を考えるくらいなら、自分が好きなこと、どうしてもやりたいことは何か、あるのかないのか、考えた方がよろしい。

# すぐに謝る後輩、どう接したらいいですか？

（三十歳女性・会社員）

Q

私が指導を担当している、二十四歳の後輩女子社員のことでご相談です。

彼女は、私がミスを指摘したり、電話のかけ方などを注意したりすると、すぐに「ああっ、すみません！」「ごめんなさいっ！」とものすごい勢いで謝るのです。ほんのちょっと注意しただけでも、「本当に申し訳ありません！」と土下座でもしそうな謝り方をするので、なんだかこちらが悪いことをしてるみたいで、つい「いいのよ、これから気をつけて」とやさしい口調になってしまいます。

でも、そんな態度とはうらはらに、彼女は同じ間違いを何度もくり返すんです。実は、私が注意したことを全く聞いていないんじゃないかと、内心疑ってます。

謝ってくれなくていいからちゃんと仕事を覚えて！　そう言ってやりたいのですが、そんなことを口にしようものなら、号泣して本当に土下座しかねません。

彼女がペコペコ謝っている様子を見かけた同僚たちは、「ちょっと指導が厳しすぎるんじゃない？」「あんまり若い子をいじめちゃダメよ」と、私にパワハラ疑惑をかけてくるし、もうどうしたらいいかわかりません！

この後輩への対処法を、どうか教えてください！

# 号泣、土下座、どんどんさせればいいじゃない。

A 後輩女子社員を指導している三十歳の女性会社員さんよ。何を指導してるのか内容がわからないのですが、何にしても二十四歳の女子社員を指導するにはあなたは力不足のようですね。

ことは簡単。本当のことをハッキリいえないあなたの性質を直せばいいんです。ミスを指摘して、すみません、ごめんなさい、と相手からペコペコ謝られると「なんだかこっちが悪いことをしているみたいでやさしい口調になってしまう」ような、そんなヘナヘナには未熟な新入りを指導する資格がないです。

ひたすら謝るくせに、一向に改まらない新入り。するとあなたはこう思う。「彼女は私のいうことを全く聞いていないんじゃないか？」と。「内心疑ってます」とあなたは書いている。内心でこっそりそう疑うだけでなく、面と向かって尋ねればいいじゃないですか。

「あなた、どうしてしょっちゅう同じ間違いをするの？　私のいうことを聞いてないの？　聞いても覚えられないの？　それとも、私にいやがらせをしてるの？」と。しかしあなたはいう。「謝ってくれなくていいからちゃんと仕事を覚えて！　といってやりたいのですが、そんなことを口にしようものなら号泣して本当に土下座しかねません」ですと⁉

いいじゃないの、号泣させれば。土下座させれば。怒鳴りつければいいんです。猿芝居はやめろ！ってね。

けれどあなたはそこで同僚たちの思惑が気にかかる。「パワハラ疑惑をかけてくるし、もうどうしていいかわかりません」と悲歎に暮れるばかり。実際にそう思っているのか、それはあなたの推察ではないんですか？

「この後輩への対処法を教えて下さい」といわれても、そんなあなたへの対処法に私は悩みますよ！

## 実家の母が落ち込んでいます……。

（三十七歳女性・会社員）

# Q

弟と私の二人きょうだい。私は東京で働いていますが、弟は大学卒業後、郷里で就職し、三年ほど前に地元の女性と結婚しました。

弟夫婦は子供が生まれるのをきっかけに実家の両親と同居する予定で、それにあわせて家もリフォームしたのですが、直前になって、やはり同居は出来ないと言い出してマンションを買ってしまいました。

それ以来、母に元気がありません。母は五十九歳、家族の世話をするのが生きがいで、私の結婚のときも、何度も上京して準備を手伝ってくれましたし、弟は跡継ぎの男の子ということもあり、就職も結婚も張り切って面倒を見ていたようです。同居も本当に楽しみにしていただけに、がっくり落ち込んでしまいました。

父は無口で真面目、母を励ますような気の利いたことがいえるタイプではなく、夫婦間の会話もあまりありません。

母は気持ちを紛らわすため、愛犬に今まで以上に愛情を注ぎ、電話をしても話題は犬のことばかり。最近では寝るときまで一緒のようなのですが、かなり老犬なので今からペットロスが心配です。

母に元気になってもらうには、どうしたらよいでしょうか。

# 愛情と善意が迷惑になることもあるのよ。

# A

弟さん夫婦は両親と同居する予定で家をリフォームしたのに、直前になって同居は出来ないといい出したそうだけど、それはどういう理由からですか？

まさか、理由もいわずに「やーめた」といってすませることが出来るような問題じゃないでしょう？

その理由を究明すれば、解決の途（みち）も開けるかもしれないのに！　この相談にはそこが説明されていないので、考えようがないじゃないですか！

私が想像するのに、母上はエネルギッシュで気がいいお方なので、人の面倒を見るのが大好き。好きというよりも「せずにはいられない」「相手が迷惑かどうかも考えられない」ほどの活力の持主なのでしょう。
私の家に昔、そういう人が家事手伝いとして来てくれ、不精者の私には何よりの人、と初めのうちは喜んでいたのですが、そのうち余りに干渉がひどいので（例えば勝手に押入を片づけるので、あるべき場所にある筈の物が見当たらず、探し回らねばならなくなったとか、あまり上手じゃない料理を作っては、無理に食べよ食べよと押しつけるとか、頼みもしないものを買ってくるとか）、その干渉を防ぐために私はヘトヘトになりました。

たいていの第三者はこういう人を「善意でしているのだから」といって許します。しかし善意というものには人に迷惑を与えて困らせる要素が多々あって、それはホントは「エゴイズム」じゃないのか、と思いたくなることが屢々（しばしば）あるのです。しかし当人は自分の親切心に陶酔しているから、それが余計に困るのだ。

弟さんはお金と時間をかけたリフォームを無駄にするなんて、よくよくの決心だと思います。その決心の蔭には、弟さんの奥さんの切実なる悩みがあるのでは？　と思うのですが、いかがでしょう？　嫁の立場として、そういいたいことはいえないでしょうからね。

愛犬に今はあり余る愛情と善意のエネルギーを注入しておられる由、それが一番いいんじゃないですかねえ。愛犬のキモチはわからないけれど。

## 兄に前向きな人生を歩んでもらいたい。

（四十歳女性・パート）

Q

四十五歳の兄のことで、ご相談させていただきます。

実家はかつて自営業をしており、兄は女きょうだいばかりのただ一人の男の子だったので、子供の頃から跡取りとして期待されて育てられてきました。

でも、兄が大学生の頃、経営状態が急速に悪化し、ついに店をたたむことになってしまったのです。家業を継ぐつもりだった兄は、すっかりやる気をなくして、大学も途中でやめてしまいました。

それから二十年以上経った今もやる気は戻らず、ずっと職を転々としています。もちろん結婚もしていなくて実家暮らしです。端から見ると親に寄生している状態なのに、自分は親に抑圧されて育ったという被害者意識が強く、現在も父との仲がとても悪いのです。

大学を中退した当初、ずっと家に引きこもっていたので、心配した両親がカウンセリングに行かせたこともあるのですが、カウンセラーに、父と兄の関係は「親離れ子離れができていない相互依存」といわれたそうです。

父は頑固で人のいうことを聞かない人ですが、もうだいぶ年なのですから、兄も少しは譲歩してくれればいいのにと思います。でも、兄は自分にとって都合のいいことをいってくれる人の話しか聞きません。悪いことはすべて周りの人のせいなのです。

姉二人は結婚して遠方にいるので、比較的近くに住む私がときどき実家の様子を見に行っていますが、母が父と兄の板挟みになっておろおろしているのが、かわいそうでなりません。

兄には、ちゃんと自分の人生をどうしたいのかよく考え、今からでも定職について前向きに生きて行ってもらいたいと思うのですが、どうしたらよいのでしょうか？

# こりゃあかん！　もはや手オクレです。

A

四十五歳まで定職にもつかず、結婚もせず、女も蕩(たら)さず、失恋もせず、親に寄生してきた男を、「ちゃんと自分の人生をどうしたいのかよく考え、定職について前向きに生きて行く」ようにさせるにはどうしたらいいか、って。

あんた、こりゃもう遅いわ。

重症になってから病院へ担ぎ込んだ病人、どうしてこんなになるまでほっといたんですか！　とお医者さんは激怒する。私は激怒はしないけれど、

「こりゃあかん」

一言で終ります。もはや手オクレです。

カウンセラーは彼と父との関係は「親離れ子離れできていない相互依存である」といったそうだけど、だから何やというねン？　といいたくなる。その分析は正しいのかもしれないけれど、よしんばその通りだとしても、ここまで来てしまってからそんなことをいわれても、「昔を今になすよしもがな」と嗟嘆しているしかないじゃないか。カウンセラーなんてのは気らくな商売だなァと、改めて感心する思い。と、カウンセラーにイヤミでもいって、ごまかすしかない。それほど困難を極める相談です。問題は兄さんだけでなく、どうやら親父さんにもあるようなので、こんがらがった糸のほどきようがない。

これはもう、大地震とか大津波とか、あるいは火事で家屋が丸焼け、両親焼

死、などというような天災、大事故が起こって、何としても自分一人で生きなければならない事態に落ち込むことしか、奮起させる道はない。

なんですか？　そうなっても兄は何もしないでしょう？　妹の私が面倒を見ることになるだろうって？　何をいってる。そんなやさしい（弱い）気持だから怠け者をいやが上にも甘やかしてしまうのだ。

優しさは美徳とは限らないのですぞ。

この愚兄は、自分のぐうたらすべてを自分以外の人のせいにして、そこで思考停止してしまっている。一人ポッチになったら（人のせいにするにもせいに出来る人がいなくなったら）人間としての生存本能がある限り、彼は動き出すのではないかしらね。

それでも動かなかったら？

生きる本能が摩滅しているのだから、なりゆきにまかせるしかないわね。

とすると野たれ死に？

そうだねえ。しかし野たれ死にするにも、そう一朝一夕で死ねるわけじゃない。それなりの心身の苦痛、忍耐、努力、苦労の果てにやっと死が迎えに来てくれるのだろうから（神のご意志）、人のせいにしている余裕などないに決まってる。

そうした苦労の末にめでたく死ねたとしても、それであとはラクになれると思ったら大間違い。この世での怠惰の咎（とが）によって煉獄の火に焼かれることになります。

そんなもん、地獄なんてない。人間死んだら無になってしまうのだから、死んだ後は気らくなものだ、と思ってるんでしょう？　お兄さん。ところが違う。あるんですよ、死後の世界は。肉体は灰になっても、「魂」は消えずに四次元世界へ行くのです。この世での生き方によって天国へ行く魂もあれば地獄へ行かされる魂もある。地獄の火は熱いよ。親父の悪口をいってノラクラしていられる地獄というのはないと心得て下さい。嘘をいうなって？　嘘かどうか、死んだらわかる。

この項はノラクラ兄貴に音読して聞かせるべし。

# 定年後もずっと働かなくちゃいけないんでしょうか？

（五十八歳男性・会社員）

# Q

六十歳の定年まであと二年！　退職したら趣味三昧でのんびり暮らすのが、私の長年の夢でした。

でも、いつの間にか世間では、定年後も働き続けるのが当たり前になっているようなのです。法律で決められているとかで、私の会社でも六十五歳までは働ける「定年再雇用」の制度が設けられています。

三十年以上、宮仕えをしてやっとゴールが見えてきたというのに、それがさらに先になってしまうなんて！　私にはとても耐えられません。

でも、妻にその話をしたところ、「六十五まで雇ってもらえるなんてありがたいじゃない。もちろんずっと働くわよね?」と念を押されてしまいました。

そこで「いや、俺は定年で辞める!」と宣言したかったのですが、さらに「老後の蓄えは多いほどいいし、足腰立つうちは働いてもらわないと」と追い討ちをかけられて、何も言えなくなってしまいました。

妻は気が強く弁も立つので、軟弱ものの私は、これまで彼女に支えられてやってこられたようなものです。それには感謝していますが、そんなに長いこと、妻の意のままに働き続けねばならないのかと思うと、暗澹(あんたん)たる気分になってしまいます。

六十歳で退職しても、年金と貯金で人並みの生活はしていけるのに、どうしてずっと働かなくちゃいけないんでしょう? 「生涯現役」なんてまっぴらごめん! と思う私は、どこかおかしいのでしょうか?

九十代の今も現役の佐藤先生にお尋ねするのも変かもしれませんが、よきご助言をいただければありがたいです!

## 「やーめた!」と叫べばいいんです。

# A

べつに「ずっと働かなくちゃいけない」ってことはない。働きたくなければ働かなければいいと私は思いますよ。

しかし問題は「定年後も夫は働くもの」と思い定めている奥さんにあるということですね?

あなたは働きたくない。年金と貯金を勘定しては、これで人並みの生活をしていけるのに、なんで働かなくちゃならんのだ、と思っている。

そのあなたと、気が強く弁も立つ奥さんとの対決。どっちが勝つか、なかなか興味ある勝負ですな。たいていの女性は奥さんに賭けるでしょう。「軟弱ものの私」と自らいっているあなたは、それだけですでに敗色濃く、穴を狙うならあなたに賭けるところだけど、それが出来るのはよくよく賭け事にスリルあるいは夢を求めるその道の玄人くらいかも。

あなたは定年近い今の年齢まで、気に染まないことにもひたすら我慢し、仕方なく会社勤めをして来た。三十年以上も奥さんのいいなりになって来た。口には出せず胸の中で愚痴をこぼしながら働き蜂になっていた。定年退職の日を唯一の希望として。

だから定年の日が来ているのに、それ以上働くのは「まっぴらごめん」という強い気持ちになっている。

いいじゃないですか。

「やーめた！」

と一言、断固として叫べばいいんです。奥さんが何をいっても「やーめた」で通す。余計なことをしゃべってはいけない。軟弱と自分で認めているあなたが下手にしゃべるときっと奥さんにやり込められて敗北しますぞ。

男として生まれて一度は自分の意志を通した方がいい。したことのないことをやってのける！

やりなさい。やりなさい。

たった一度の人生だ。一回くらいやりたいことをやってみなされ。後悔するかしないか、それは何ともいえないけれど、とにかく新しい出発のご祝儀として私はあなたに賭けることにする。ナンボ賭けるかって？　そうですねえ。五千円……いや、三千円……二千円……いや、千円にしておきます。

## やりたいことが何もないんです。

（十三歳女子・中学生）

**Q** いわゆる進学校といわれる中高一貫の学校に通っています。私の悩みは、やりたいことが何もないことです。

小学生のときは、みんなと同じようにパティシエに憧れたり、アイドルを夢見たりしていたんですが、中学受験のために一年くらいずーっと勉強漬けの日々をおくっていたら、そういうことをまったく考えなくなってしまいました。

「合格すれば好きなことができるんだから！」と親にいわれて、私もそう思ってがんばってきましたが、入学して、部活とか何をやろうかなあと考えてみたら、やりたいことなんて全然ないことに気づいたんです。

受験勉強でパワーを全部出し切っちゃったみたいで、大学のことや将来のこととか考えてみても、なんだかぼんやりして何も浮かんできません。

とりあえず、授業についていけなくなると困るので、学校の勉強だけはしていますが、何のためにやってるのかなあと時々むなしくなります。

愛子さんはもう何十年も小説を書いてきたんですよね。どうやったら、そういうふうにずっとやりたいことが見つかるのか、教えてもらえませんか？

# 大丈夫、私も何もなかったから。

A

やりたいことがないのなら、なにもムリして何かをやろうとする必要はないと思いますよ。

私の中学時代を思いますと、やっぱりやりたいことなど何もなかったことに気がつきました。しかし私はやりたいことが何もない自分に気がついて悩むなんてこともありませんでした。勉強も適当、遊ぶのも適当、何をしたい、何が欲しいという情熱がそもそもないので、気楽にのらくらしていました。あなたには「こいつはアホか」と思われることでしょう。

私だけじゃない。友達を見回しても皆、似たりよったりでした。たまには真面目なガリ勉もいたでしょうけど、必然的にそういう人とは友達にならない

（なれない）ですからね。

私は決して無理をせず、「自分にとっての自然体」で生きて来ました。学校の成績がいいか悪いか、将来どうなりたいか、など、考えてもしょうがないから考えなかった。私が生きて来た時代はそういう時代です。戦争、しかも敗色濃い戦争の時代ですから、先のことなんか考えても、どうなるかわからない、という無力感のようなものに支配されていたのかもしれません。

苦労も安楽も自然体で受け止めて来ました。先のことなどあまり考えないという性癖（というか習慣というか）によって、頑張らねばならない時は頑張ったし、頑張らなくてもいい時は頑張りませんでした。

小説を書くようになったのは、ほかに出来ることが何もなかったからです。あれも出来ない、これも出来ないという厄介な人間だったので、とどのつまり、出来ることは「書くこと」だけだったので、やって来た、やれて来たのです。

どうしたらそれが見つかるのか、と訊かれても、そんなことわからんです。見つけようとか見つけなければならない、と覚醒したわけではないのです。結

婚に失敗して一人で生きていかなければならなくなった時、つまりせっぱ詰まった時に、

「何も出来ないけど、書く仕事なら出来そうだ」

と思った。それで始めた。それだけです。

十三や四で、先のこと、人生のレールを敷くことを考える今の若い人はエライもんだと感心するのですが、「自分にとっての自然、ありのまま」に生きるという生き方もそう捨てたもんじゃないですよ。苦労は多いけれど。

## サプリメントにハマっている父親にアドバイスを！

（三十五歳男性・会社員）

# Q

正月に田舎に帰省して、一年ぶりに両親に会ったのですが、七十歳になる父親がサプリメントを大量に飲んでいるのに驚きました。ずっと病気知らずが自慢の父でしたが、昨年、ぎっくり腰になってしばらく寝込んでしまったのがきっかけで、健康に不安を覚えるようになったようです。

サプリにどれだけ効果があるかわからないけれど、それで父の不安が少しでも解消されるならいいのかなと思いましたが、一度に飲む量が普通じゃない多さなんです。

腰痛防止のサプリだけならともかく、血圧、糖尿病、肝臓、大腸など、特に何か心配があるわけではない病気予防のサプリまで飲んでいて、こんなにいろんな種類のものを飲んでは、かえって体に悪いんじゃないかという気がします。

母も心配して時々注意しているそうですが、父はもともと自分のやり方にこだわるたちなので、まったく耳を貸そうとしません。まして、仕事が忙しくて年に一度くらいしか帰省できない息子の言うことなど、「ああ、わかった、わかった」と聞き流されてしまいます。

父はわりと読書好きで、最近は自分より年長で活躍されている方の本を読んで、健康法などを参考にしているようなので、ぜひ佐藤先生から、父のサプリメント大量摂取にご意見をいただければと思います。なにとぞよろしくお願いいたします。

## 「サプリメント」を知らない私に聞かれても……。

# A

サプリメントって、よく耳にするけれど、どんな物か私は知らない。知る必要を感じないので、関心を持ったことがないのです。

そもそも私は薬というものに拒絶反応がある。栄養剤といわれるものの試供品を貰ったりしても、飲んだことは一度もないのです。薬と栄養剤とは違うといくらいわれてもダメです。飲んで「うまい」と感じないものはみなダメ。薬や栄養剤を飲んで、「あーおいしい」と満足することなんてないでしょ。だからダメ。

そんな私を友達はみな「ヤバン人」だといいます。ヤバン人の私に「サプリメントにハマっている父親」のことを相談されてもねェ……。

丁度、顔見知りのお医者さんとバスの中で出くわしたので、訊ねてみました。「サプリメントを大量に飲む老人がいて、家族の人が心配しているのですけど……」

そこでお医者さんはサプリメントについての説明を延々として下さった。わかったことはサプリメントは薬ではない、という当たり前のこと（私にとっては初耳）で、だから大量に飲んでも害はない代わり、たいして効果というものもない、ということでした。あまりに専門的説明が長くめんどくさいなあーと思いながら（しかし、はあ、なるほど、などと相槌だけはマトモにうちながら）、最後に「要するに毎日大量に飲んでも害はないということですね？　本人が飲みつづけたいのなら、飲ませておいても大丈夫ということですね？」念を押してバスを降りた。それだけ聞けばそれでよい。お医者さんは「そういうことです」とはっきりいわれたので、いくら飲んでも心配はないのでしょう。

私が愚考するに、父上はサプリメント依存症のように思います。依存症といえば芸能界の誰彼の薬物中毒がすぐ頭に浮かぶのですが、そんな本格的（？）中毒ではなく、禁断症状や分量が増えることや心身が蝕（むしば）まれて行くといった怖い症状のない依存症（しかしどうしてもやめられずに深みに入って行く点ではやはり中毒に近い）がこの頃、大量発生しているような気がします。

例えばパチンコ依存症とか、整形依存症とか、病院依存症とか、霊能者依存症とか、ソレがなくては一日ももたないといったふうにのめり込む人たちです。もっというならテレビ依存症もあるだろうし、酒場のおねえちゃん依存症ってのもあるかもしれない。

情報が過多で氾濫している今は、自分の頭で考え判断する能力が衰えてしまうのでしょうかね。考え判断するよりも、情報に頼る方が手っとり早い。何でも手っとり早いのがよいとされる現代では、自分の舌で確かめるよりも、テレビでラーメン屋の行列を見て食べに行く方が手っとり早い。しまいにはテレビでうまいといっていたので、「うまいなァ」と思ってしまうというようになるかもしれない。

いや、余計な講釈をしてしまいました。

そんなわけで、父上は現代病である依存症に罹患(りかん)しておられるように思われます。サプリメントの依存症であれば、まあ、無難ではないですか。七十歳のお方に今更、「自分の頭でよく考え判断せよ」なんていっても始まらないし。

そのうち飽きるでしょう。

## 隣りの奥さんが羨ましくて仕方ありません。

（三十二歳女性・会社員）

Q

最近、私たち夫婦の住むマンションの隣りの部屋に新婚さんが越してきました。奥様は二十八、ご主人は私の夫と同じ三十五です。奥さんに安いスーパーを教えたり、いいお肉屋さんを紹介したりするうちに、私は彼女とすっかり仲良しになりました。共働きで、子供なし。同じような生活環境なので気が合ったのだと思います。今ではお互いの家でお茶したり、晩ご飯をごちそうし合う仲です。

けれど、そうやっておつき合いが深まってくると、私はだんだん嫌気がさしてきました。私の夫にです。夫があまりにもお隣りのご主人と違うからムカつくようになったのです。

たとえば隣りのご主人は私と奥さんが晩ご飯の支度をしていると、「俺も何か作ろうか？」と必ずキッチンに顔を出します。そうして実に鮮やかにカルパッチョを作ります。カツオをちゃちゃっとあぶって薄切りにし、バルサミコ酢を回しかけたりするんです。

「こんな人がいるんだー」

私はため息が漏れました。

一人暮らしが長かったからできるようになっただけだ、とご主人は謙遜します。でもウチの主人だって五年くらい一人で暮らしていたのです。

それだけではありません。ご主人が奥さんよりも先に帰宅した時は、ご主人がお風呂やトイレ掃除をするのだそうです。

「なんで？」

と聞くと、

「だって奥さんの喜ぶ顔が見たいじゃない」

その言葉に私は羨ましさのあまり涙が出そうになりました。

私の夫は掃除といったら年末の窓ふきだけ。それだって拭き跡が筋になって残るようないい加減さ。私を喜ばせたいなんて微塵も思っていないのは、その拭き跡を見ればわかります。

料理は五年ほど前に一度、おだててカレーを作らせたことがあります。作っている間、彼はずっと眉間に皺を寄せて不機嫌丸出し。ご機嫌取りに「おいしい」と褒めても「そう」の一言でした。

なんでこんなハズレ男と結婚したんだろう、と私はつくづく思います。

せめて風呂掃除くらいはするようになってもらいたいです。

結婚して八年、今から夫を、妻を思いやる優しい男に変えることは可能でしょうか？

# 夫は下男じゃないのよ。

# A

いったい、この隣りの旦那のどこがいいんですか?

風呂、トイレの掃除をすること?

カツオのカルパッチョを作ること?

それも「妻の喜ぶ顔が見たい」ためにするってこと?

もしかしたら彼はオカマではないんですか?

男としての自負心、夢、理想、プライドはどこにあるのか。そんなもののカケラもないからカルパッチョ作ったりトイレ掃除をしてるんじゃないのかね。

オカマでなければ男の珍種ですね。

どんな会社で、どんな仕事をどんなふうにしているのか、人から一目おかれているか、好かれているか、頼られているか、私はそれを知りたい。それを知った上で、それでも羨むなら羨みなさい。

それにひきかえ、あなたのご主人は立派です。窓ふきの拭き跡が筋になってるなんて、なかなかのもんです。不機嫌丸出しでカレーを作るのも男として当然です。

自分の仕事、人生で目ざすものに向かって情熱的につき進む人はそうなるものです。

結婚というものをあなたは何と考えてるんですか。

夫を持つということは下男を雇うのとは違うんです。

「妻を思いやる優しい男に変えること」を考えるよりも、夫からイヤになられる妻にならないことを考えた方がよろしい。

## どの女性と結婚するか、決めかねています。

（七十歳男性・無職）

Q

贅沢な悩みとお叱りを受けるのは覚悟の上で、ご相談させていただきます。

四十代の頃に離婚し、それからは気ままな一人暮らしをおくってきました。大手企業での会社員生活は、自分の能力を存分に生かすことができて、順風満帆といっていいものでした。

五年ほど前に退職し、リタイア生活に入りましたが、遺産や退職金、年金などで老後資金の心配もなく、好きな趣味に没頭したり、長期の旅行を楽しんだり、悠々自適の毎日です。

ただ、やはりトシのせいか、このところ体力の衰えを自覚するようになってきました。今後さらに年齢を重ねていくことを考えると、このままずっと一人暮らしというのも心細いような気がしてきて、これからの時間を一緒に過ごすパートナーを探そうと思い立ちました。

そこで始めたのが、いわゆる「婚活」です。

若いときと違い、女性との出会いの機会はそうそうないので、手っとり早くシニアの結婚を斡旋するところに入会することにしました。自分でいうのもナンですが、見た目はそこそこいい方で、老親や子供もおらず、お金もある独身男ということで、希望者は続々現れました。

とはいえ、最近は「後妻業」なる詐欺も横行していると耳にします。ここは慎重に見極めなければと、見た目、人柄、趣味嗜好などをしっかり吟味して候補者を絞り込んでいきました。そして、二人の女性が最終候補に残ったのですが、いったいどちらにすべきか決めかねているのです。

一人はなかなかの美人で話題も豊富、話が弾んで楽しいのですが、ややワガママな面がありそうなところが気になります。もう一人は、器量は十人並みというか、どちらかというとブスな部類なのですが、やさしくおっとりした性格で一緒にいるととても安らぐのです。

美人は三日で飽きる、ブスは三日で慣れるなどとも言いますが、やはり見た目も大事な気もしますし、一方で大事なのは内面とも思いますし……。

私は一体どちらの女性と結婚すれば、幸せな老後を過ごせるのでしょう?

# 自分の「今後」をよく考えてみなさいよ。

# A

老後を共に過ごすパートナーを探し始めた七十歳のおじいさん。おじいさんと呼んだからってムッとしないで下さいね。七十歳は誰にいわせてもおじいさん（ちなみに私は九十七歳。大ババアです）。しかしオジイサンながら、遺産、退職金、年金はバッチリある。何の心配もなく悠々自適の毎日。しかも見た目はそこそこいい方で、厄介な親や子供などはいないということで、希望者は続々現れたとか。その中から選んだ二人の候補者の一人は美人だが我儘（わがまま）の気配あり、もう一人は「どちらかというとブスの部類」だけれど優しくておっとりしているとか。

そのどっちがよいか迷ってるって、そんなものは決まってる。「どちらかブス」がいいに決まっています。

もしかしたらあなたの気持ちは「我儘美人」に傾いているのだけれど、時折、不安のむら雲がかかるのでしょう？

あなた自身は「見た目はそこそこいい方」などと自信ありげですが、七十翁の「見た目」は、いつ老醜の淵に沈むかわからないという予感を孕（はら）んでいるのです。

それに加えてウワバミ級の大イビキ、朝のウガイの騒がしさ（絞め殺されかけてる鵞鳥風）、よだれつき居眠り、独り言、それから……もうやめろ、もういい、って？

とにかく自分ではわからないことがいろいろあるんですよ。これは九十七歳の私が経験していることだから間違いなし。

そういうことすべてを許容するのはブスに限るのです。

## お墓をめぐる対立、どうしたらいい？

（五十歳女性・パート）

Q

実家の兄嫁と妹が、お墓のことで対立してしまい、とても困っています。

両親はすでになく、実家は兄が継いでおり、私と妹はそれぞれ結婚して、近くに暮らしています。

発端は、法事でみなが集まったときのこと。妹が突然「私は死んだらお父さんやお母さんと一緒のお墓に入りたいなあ。お兄ちゃん、いいでしょう？」と言い出したのです。

私は嫁ぎ先の家の墓に入るのが当たり前と思っているので、びっくりしまし

たが、妹いわく、

「あら、最近はダンナやお姑さんと同じところに入るのはいやだからって、別にお墓をつくったり、実家のお墓に入る人も増えているのよ」

妹は三人兄妹の末っ子で、両親に甘やかされて育ったせいか、わがままで気まぐれなところがあります。だから、兄も私も「また、思いつきでバカなことを」と受け流そうとしたのですが、兄嫁は「そんなのありえません！」とぴしゃりとはねつけてしまいました。

さらに「ご主人と一緒のお墓に入るのがそんなにイヤなら、今のうちに離婚すればいいじゃない」とたたみかけたため、妹は「なによ、ここのお墓は実家のものなんだから、私にだって入る権利はあると思うわ。少なくともお義姉さんよりは！」とキレてしまい、収拾がつかなくなってしまいました。

それ以来、二人は口も利かない状態が続いています。いったいどうしたらいいのでしょう。すべてが丸くおさまるような解決法をどうかお授けください！

# 何もする必要なし！　ほっときなさい。

A

夫婦喧嘩は犬も食わぬ、とは昔からいわれている諺ですが、この妹さんと兄嫁さんとの喧嘩は犬どころか、猫も鼠も食わぬでしょう。実に他愛のないいい争いに過ぎないと私は思いますよ。以来、二人は口も利かない状態がつづいていますと、心配しておられるけれど、二人は同居しているのではないのですから、「口も利かない」といっても、お互い多忙で顔を合わせる機会がなければそれまでのこと。お墓に入る、入れない、で喧嘩したことなど忘れているかもしれない。あなたはこうした些末な事を人一倍気にかけるタチで、独り合点をして騒いでいるだけじゃないんですかね？「いったいどうしたらいいのでしょう。丸くおさまる解決法は？」

と真剣に心配しておられる様子だけれど、何もしなくていい。ほっときなさい。というより忘れなさい。といってもそう簡単に忘れられない性分だというなら、「忘れたフリ」をしなさい。フリをしているうちに忘れます。

ついでながら書き添えますと、人は死ぬと、肉体は滅んで骨だけになりますが、魂だけは残ってこの三次元から四次元世界へ移行するのです。そして時が来てまた三次元へ生まれ、死んで四次元へ行く。つまり「輪廻転生」する。この世のお墓に入ってチンマリ坐っているわけじゃないんですよ。

従ってお墓というものはこの世に残った人が故人を偲ぶよすがとして建てるものだと私は考えています。

この説を信じるか信じないかはあなたの自由です。時々、死んだおじいさんがお墓に立っているのを見た、などという人がいますが、それはそのおじいさんが成仏してない（何らかの原因があって四次元へ行けない）からだと思って心配した方がよろしい、と私は考えます。

## 話をどんどん盛ってしまうクセをなんとかしたい！

（二十五歳女性・会社員）

# Q

私の悩みは、話を大げさに盛ってしまうクセが止まらないことです。

小さい頃から「お話」をするのが得意で、幼稚園のときには、その日あった出来事を面白おかしく話して、母に「本当にお話が上手ねえ」と褒められていました。

小学生になると、人の声色を真似したり、身振り手振りも交えて臨場感たっぷりに話せるようになって、クラスでは超人気者！　みんなが私の話を聞いて大笑いしたり、涙を流したりするのが楽しくてたまりませんでした。

でも、すごく面白いことや感動的な出来事がそうしょっちゅう起きるわけがないので、毎日「お話」をしていると、ネタがなくなってきます。それに、最初は本当にあったことを少し大げさに話していれば面白がってもらえたのに、友達の反応も「ふーん、そうなの」と次第に薄くなってきました。

それで、ちょっとだけ「実際にはなかったこと」や「あったらいいのにと思うこと」も話の中にまぜて、もっと面白くなるよう工夫してみたんです。そしたら、みんな「すご～い」とか「それでどうなったの?」と熱心に聞いてくれて、またクラスが私を中心に盛り上がるようになって、すごく楽しかった!

そのときの気持ちよさが病みつきになって、その後社会人になってからも、自分の体験を話すときには話を盛るのがクセになってしまいました。こうすればもっと面白いと思うと、口からでまかせがスルスル出てきて、自分でもびっくりするほどです。

でも、最近はそんな自分が怖いんです。あまりに平気でウソをつけるので、このままじゃ詐欺師になってしまうんじゃないかという気もします。それに、まわりの人には私の話が全部ウソだと思われてるんじゃないか、誰にも信用されていないんじゃないかと不安にもなります。このクセを直すにはどうしたらいいんでしょう？

## せっかくの才能、大切になさいな。

# A

あなたの気持ちはよくわかります。だいたいオッチョコチョイ系の人に多いですね。私がそうだから間違いありません。

私の四人の兄も皆、この系統でした。話を面白くすることで、

「不良だけど憎めない不良」という特典（？）を得ていました。そして二番目の兄は、あなたの心配通り詐欺師になりました。

話を誇張して盛り上げるのは、聞く人を面白がらせたい、笑わせたい、驚かせたい、というような気持ちのためで、それに何の得があるかというと、何もない。人が喜んでいるのを見て、自分も嬉しい、という満足感だけですから何の罪もない。せいぜい、「奴がしゃべり始めたら眉にツバをつけろ」といわれるくらいですけど、そういわれたからって気にすることはない。そういいながら、やっぱりその人も楽しんでいるんですから。

しかし、それに物質的想念がついてくるといけません。才に委せて人を騙してボロ儲けを考えるようになるといけない。おしゃべり道の堕落です。といってせっかくの才能ですからね、直す努力をする必要などないですよ。

精神性を高く持ち、人と喜びを共有する！

そういう精神でどうか駄ボラを吹いて下さい。

# バブル世代上司の言動に困っています。

（四十三歳男性・会社員）

Q

私の直属の上司はバブル期にかなりいい思いをした人で、当時は会社の経費で毎晩のように銀座や赤坂、六本木などを豪遊、タクシーも使いたい放題だったようです。私が社会人になったのはバブルが弾けた直後だったので、そんな「伝説」を聞かされると、羨ましくもあり、その時期にうつつを抜かしていたから今が大変なんじゃないのかと腹立たしくもなり、複雑な心境です。

でも、日頃そんな自慢をしている上司が「経費を節約しろ」「世の中の経済状況は厳しいんだよ」などと、このところ特にうるさく説教するようになってきて、なんだか白々しく感じてしまいます。

また、その上司はまださほどの年齢でもないのに、物忘れもひどいのです。一度か二度話したことを覚えていないのはしょっちゅうですし、一番困るのは、私が以前に話したほかの人の意見を、そのときは否定していたのに、しばらく経つとすっかり忘れて自分の意見として語り始めたりすることです。

独身の一人暮らしで愚痴をこぼす相手もいないので、そんな上司がストレスになって辛い毎日です。彼の言動に苛立ったり、振り回されず、淡々と働くには、どうすればいいのでしょうか。

# よくよくヒマなんだねえ、あなたは。

**A**　これは女性からの相談だとばかり思って読み進め、「さてさて、女というものは、どうしてこんなくだらないことに……」と思いながら読み終えて、改めてよく見たら、「四十三歳の男性」からではないですか。

いやァ、びっくりした。

こんな些末なことを問題にするのは女に限ってのこと、と今の今まで思っていたのです。

そう思い込んでいたというのも、私が大正生まれの老残の身ゆえか。大正、昭和、平成、令和と世界の激動の中に身を置いてきて辛酸をなめ尽くしてきたくせに、認識力の不足か、令和の世の日本の男子の女性化がここまで来ているとは夢にも思わなんだ。いやもう、人の相談ごとに首を突っ込む資格なんぞありはしないのである。

しかし、相談者との仲介人（?）である当社の倉澤女史は、「そんなこと仰らずに、大正生まれの生き残りとして、今ではもう聞けないような歯にキヌきせぬご意見を聞かせていただきたいです」とにこやかにいう。

「歯に衣きせずにいえというのなら本質に迫ることを一ついいましょう」

とつい、引っかかってしまった。いいたいこととは何か。四十三になっていて独身であるということに私は引っかかる。結婚して子供が二、三人もいれば、今彼が問題にしているようなことはふっ飛んでしまうだろうに、と思う。ヨメさんをもらいなさい。子供をつくりなさい。家族を養い家庭を導く立場になってもまだ、上司のありように苛立ったり振り回されたりするようなら、それは病気であるから、病院へ行ったほうがよろしい。

あなたには楽しいことも苦しいことも目ざすものも闘わねばならぬことも何もないのでしょう。毎日が単調で平穏でヒマなのでしょう。多分、女の子にはモテない。今はモテたいとも思わなくなっている。親友と呼べる友人もいない。多分、趣味もない。酒も多分、飲まない。だから上司のすることなすことに関心が集まってしまうのだろうと私は推察します。

そう考えるとすると、こういうことになります。することなすことムカつく上司の存在は、あなたのレクリエーションになっているのではないか？　悪口の効用というのもあります。

ということは上司によって、あなたは癒されているといえるかもしれないではないですか！

この上司が去って、文句のいいようのない新しい上司が来たとしたら、ほじくる重箱のスミっこがなくなって、あなたは気が抜けて厭世的になるのではないでしょうか？

以上が、気に入らないかもしれないけれど、歯に衣きせぬ私の回答です。

## 母親の干渉から逃れたい。

（三十歳女性・主婦）

# Q

三十歳で初めての出産を控えています。長年悩まされている実家の母の過干渉のことでご相談させていただきます。

母は、資産家の跡取り娘で、使用人が大勢いる家で祖父母に甘やかされて育ったため、周囲は自分に従うものと思い込んでいるような人です。入り婿だった父は私が中学生のとき亡くなりましたが、遺産のおかげで生活に困ることはなく、母の関心は一人娘の私に集中しました。習い事も学校も全部母が決め、私は彼女のいうとおりに動くお人形でした。

でも、思春期になると、友人のことにも口を出す母が疎ましく、大学を卒業すると同時に上京、東京で就職して一人暮らしを始めました。それからも電話や手紙などでいろいろ干渉してきましたが、一緒に暮らしていないので何とかやり過ごせました。

ところが、夫との結婚話が持ち上がった途端、また干渉が始まったのです。結婚式、披露宴、新婚旅行、新居選びすべてに口を出し、自分の意見を押し通そうとします。夫も彼の両親も穏やかな人柄で「母一人娘一人だから無理もない」といってくれましたが、そんな感傷的なものではなく、自分の我を通したいだけなのです。

妊娠してからというもの、母は毎日のように連絡をよこし、生まれてくる子供の名前や学校について自分の意見を押し付けてきます。私はこれ以上、母の干渉を受けたくはありません。でも、これからもっと年をとってゆく母に絶縁宣言をするのは、人としてどうかとも思うのです。

つかず離れずのよい関係を築くにはどうすればよいのでしょう。

どうかよいアドバイスをお授けください。

## 生ぬるいことといってないで、喧嘩してごらん！

# A

「つかず離れずのよい関係」ってどんな関係なのか、私にはわかりません。

このお母さんの性格と「つかず離れず」につき合おうとしたら、一方的なあなたの我慢に終始すると思いますよ。

今まで誰もこのお母さんにお説教をしたり、喧嘩を吹っかけたりする人がいなかった。誰も文句をいわずに通して来たから、そんな性格が出来上がったので、もう今からは直りません。

べつに「絶縁宣言」をするなんて大仰なことをする必要はないけれど、これからは自分の考えをハッキリ、ノーならノーとね、みんなでいうようにした方がいい。

それで喧嘩になれば、喧嘩をすればいい。

あなたの一家は品位ある穏やかなご一家なのでしょう。喧嘩などしたことがないんでしょう。みんな事なかれ主義なんでしょう。大声のいい争いや主張に耐えられないんでしょう。だから「つかず離れず」なんて生ぬるいことを口にするんです。

この厄介な女王様の命令から逃れるには、あなた自身の強さと覚悟が必要だわね。

「お母さん、いちいちうるさいわね、今まで我慢してきたけど、これからは私も母親になるんだから、自分の子供は自分の思うように育てます！」

それくらいいっておやりなさいよ。

なに？　それが出来ないから相談してるんだって？

そんなら、お母さんのいいなりになって、そのうちに老衰して何もいわなくなる日を待つんだわね！

## 男を見る目が皆無！ でもいい男と結婚したいんです！

（二十七歳女性・アルバイト）

# Q

これまで三人の男性とつき合った経験がありますが、みんな「だめんず」ばかり。最初の彼氏は浮気性、次はギャンブル好き、社会人になって今度こそ！　と思ってつき合い始めた人は、なんとＤＶ男……悪化の一途をたどっているような気がします。

おそらく問題は、私が極度のイケメン好きだということにあるのだと思います。友人たちにも「見た目だけで判断するからダメなんだよ！」といつも怒られていますが、見た目が好みじゃない人とは、どんなに人柄がよくてもつき合う気にはなれません。

見た目もよくて中身もいい男だって、世の中には沢山いると思うのですが（そういう彼氏がいる友達もいます！）、なぜか私の前には現れてくれません……。

そろそろ結婚して子供も産みたいし、次につき合う人とは絶対ゴールインしたいのです。

どうやったら男を見る目を養えるのでしょう？

愛子先生、どうか教えてください！

## 「男を見る目」より、もっと大事なことがあるでしょ。

# A

私は二十歳の時に結婚して夫はモルヒネ中毒になり、そのうち死にました。次の夫は頭のいい男だったけれど、頭のよさにもいろいろあって、金儲けの方のよさは皆無だったので、破産して逐電しました。

けれどその悪亭主のおかげで、私は作家として生きる道が開けたのだから、今は「これでいいのだ！」とバカボンのパパの気分です。

そんな私に「男を見る目」の指南など出来るわけがない。私にいえることがあるとしたら「完璧な結婚」「申し分のない夫」が存在すると思うのはやめなさいということです。「見た目もよく中身もいい男は世の中に沢山います」だって？　それがそもそもの間違いである。「そういう彼氏がいる友達もいます」とあなたはいうけれど、その彼氏だって結婚すると正体が現れてやがてダメ夫に変化するのです。

　結婚してみて初めて「こんな人とは思わなかった」と夫への失望を愚痴る若奥さんが時々いるけれど、結婚に失望がつきものなのは、年をとると腰が曲り目がかすむのと同じくらい当たり前のことなのだ。もしも何の失望もない、という奥さんがいたとしたら、その人は見栄っぱりの嘘つきか、諦念の極みに達した人か、吊鐘のように鈍感か、とにかく特別の人なのだ。

　それでもたいていの人が穏やかに結婚生活をつづけているのは、何年間かのうちに出来てしまった習慣というか惰性というか、それに乗って暮らしていれば、たとえセンベイ布団でも坐り馴れればそれなりに坐り心地がいいということもあり、それから考え方の相性、趣味の相性、セックスの相性もあるだろうし、そういうものがなくても妥協や諦め、忍耐といった常識が不満や失望を押さえ込んでいる場合もあるだろう。

二十七歳のノーテンキなお嬢さんよ。

「どうやったら男を見る目を養えるか」だって？　壺や皿の鑑定法じゃないんだよ、簡単にいうな、といいたい。男を見る目というものは愛の喜びもあるけれど、愛のもつれもあり、失望し、裏切られ、懊悩をくり返しているうちに身につくもの。もしも手引書なんてものがあるとしたらそんなものは役に立たない、有害無益と思った方がよろしい。

この際、とりあえずいうとしたら「イケメン好きをやめよ」ということしかないです。特に自分をイケメンと思っている男はダメですよ。自分のイケメンに無頓着なイケメンならよろしいが、しかしそういう男は当節まずおらんでしょうな。

## 四十歳になる娘の先行きが心配です。

（七十三歳女性・自営業）

Q 長年の佐藤愛子さんの愛読者です。今年四十歳になる独身の娘のことで相談にのっていただけますでしょうか。

私は四十代のときにぐうたらな亭主に見切りをつけて離婚、女手一つで娘と息子を育ててまいりました。両親が遺してくれた小さな食堂を、器なども並べたカフェに改装して営んできましたが、地の利がいいこともあって、親子三人なんとか食べてこられました。

五年ほど前に、会社員だった三十五歳の息子が跡を継ぎたいといって退職、一緒にお店を切り盛りするようになって、いちだんと繁盛しています。

息子は子供の頃からお店の手伝いをするのが好きで、将来は店を継ぐと決めていたようです。大学卒業後に会社勤めをしたのも、人脈や仕入先を開拓して経営に役立てるためだったと聞いて、わが子ながら、なんて計画的なのかしらと感心してしまいました。

それにひきかえ、今年で四十歳になる娘はまったくの無計画で、これからどうやって生きていくつもりなのか心配でなりません。

興味があることが次々に出てくるらしく、そのたびに仕事を替え、ちっとも長続きしません。子供の頃に体が弱かったため甘やかしたのがいけなかったのか、職場で辛いことがあるとあっさり辞めてしまうのです。特別な資格も技術もなく、最近は知人の会社でアルバイト程度の仕事をしています。

せめてお嫁にいってくれればと何度かお見合いをさせたこともありますが、こちらもなかなかまとまらず、「適当に結婚して、ママみたいに苦労したあげく離婚するなんてイヤだもん」と、痛いところをついてきます。

私が元気なうちはいいけれど、いなくなった後、息子に姉の面倒までみさせるわけにはいきません。息子は長くつき合ってきた彼女とまもなく結婚する予定で、そうなるとますます娘の先行きが心配になります。親として、何をすればいいのでしょうか。

## 四十といえば不惑。親が心配する年じゃない。

# A

親として何をすればいいかって、あんた、娘さんは四十だよ。四十といえば不惑。四十年生きてくる間には、自分の先行きについて考える機会は何度かあっただろう。欲すること、したいことくらいはあっただろう。そう難しいことではなく、恋愛に憧れるとか、お金を貯めたいとか、おしゃれにウツツを抜かすとか、何もないとしたらこれは人間としてユユしき事態ですぞ。

あなたも息子さんも共にしっかり者できちんと生活設計を立て、着々と実践して成功者になられた。二人の働き者のおかげで娘さんは何もする必要がなく、何の心配もなくノンキに甘やかされて、いやなことはしなくてもすむような育ち方をしてくるうちに、すっかりノンキが身についてしまった。もしかして彼女はものにこだわらないあっさりとして明るいいい性格の人ではありませんか？

職場で辛いことがあっても、自分の考え方を貫こうとして意地を張って頑張るのではなく、あっさり「そんなら辞めるわ」ですませてしまう。後のことも考えず、親の心配や他人の思惑などこういう場合に頭に浮かぶべきことは何も浮かばない。

だから誰の目にも、「あっさりして、飄々（ひょうひょう）として、毒にも薬にもならない、害のない人」と好意的に見てもらっているのでは？

そうして四十年生きてきて、そのために苦しむということもなかったので、彼女自身はこれでいい、と思っているのでしょう。

いい加減に自分の力で生きてみなさい！　といって家から追い出したとしても、一旦は出て行っても、そのうち平気で戻って来たりするのでは？

もしもあなたがみまかり、息子さんの商売の具合が悪くなった時が来たら、その時こそ彼女が「動く」時でしょう。

こういう人は苦境に入って初めて力を出す人かもしれない。人はそれぞれ「可能性」というものを持っています。時と場合に応じて、それまで足手まといだった能なしが思わぬ働きをすることがあります。火事場のバカ力というものもあります。

あなたは働き者のしっかり者だから、人一倍、人のありようが気になるのかもしれないですね。

親としてすること？　そんなものはないです。

知らん顔して、干渉しないでいることです。

誰も何もいわず知らん顔をしていれば、心配してヤイノヤイノという人がいなくなれば、自分でも自分のことが心配になって、自分はどうなるのか、何とかせねば、と考えるようになるかも。

もしかすると今まで懸命に生きてこなかった分、エネルギーが溜まりに溜まっていて、それが何かのきっかけで噴出してきて、力を振るい出す時がくるかもしれない。

そのきっかけがいつくるでしょう、と訊かれてもそんなこと誰にもわからない。そこが人間の（人生の）面白いところじゃないですか。なんてノンキな、無責任な、と怒らないで下さい。この際そう考えるよりしょうがない、ヤキモキしても。それがこの思うにまかせぬ世を生きる知恵というものです。

## テレビ出演者の発言が腹立たしい！

（七十五歳男性・無職）

Q　悠々自適の老後を迎えて十年、これといった趣味もないジイサンですが、昔からスポーツが好きなので、野球、サッカー、テニス、マラソンなどテレビのスポーツ中継は欠かさず観ています。
しかし、最近、そこに出演している人間の発言が腹立たしくて、肝心のスポーツ観戦がちっとも楽しめないのです。

やたらに興奮するばかりのアナウンサーや、説明がちんぷんかんぷんの頭の悪い解説者も困りものですし、なぜ出演しているのかわからないアホなタレントなどが、選手の好物がどうしたとか、競技には無関係のどうでもいい話ばかりしていると本当に腹が立ちます。

　思わず「うるさいっ！」「だまれ！」などとテレビに怒鳴りつけて、老妻に「向こうには聞こえませんよ」といさめられる始末。

　だったら観なければいいじゃないかと言われそうですが、そのせいで好きなスポーツ観戦をやめるのはくやしいし、音を消して映像だけ観るというのもなんだか気の抜けた感じでイヤです。

　この腹立ちのぶつけどころを、ぜひ「怒りの愛子さん」にご教示いただきたいのです。

# エネルギーが余ってるのねえ。

A

ご相談を読んで思ったことは、これはどうもあなたの場合、「悠々自適」がいけないんじゃないかということです。

七十五歳といえばまだ若い。私の二十二歳も年下です。心配ごともなく、気兼ねする必要もなく、金に困っているわけでもないし、慢性の病気に悩んでいるなんてこともない。奥さんは鷹揚（おうよう）な方で、あなたがテレビに向かって怒鳴っていると「向こうには聞こえませんよ」と穏やかにいさめるという出来たお方。

困ったことにあなたのエネルギーはまだ涸れず、泉のように湧き出ている様子です。人によってはそのエネルギーを色ごとに使うか、賭け事に使うか、財を増やすことに使うか。町内のおせっかい爺になるか、まあ人によっていろいろの使い方をすることでエネルギーの調節がなされているのだろうけれど、あなたにはどうやら内弁慶の傾向があるのかテレビに出てくる人に文句をいうことで余剰エネルギーを調節している様子です。

つまり「うるさい！」「だまれ！」はエネルギー対策なんで、これはそのうち本格的な老いボレになればおのずと治ります。

怒っているうちが花なんですよ。

誰も傷つけず、憎まれず、怒鳴り放題に怒鳴っていられる恵まれた境遇。

その幸せを嚙みしめて下さい。

## 女子の盛り上がりに興味が持てないのは変？

（二十六歳女性・会社員）

Q

友達の結婚や出産などに、あまり熱心になれません。友達は大切な存在だし、幸せそうにしているのを見ると本当によかったと思うのですが、ほかの人みたいにワイワイお祝いしたり、写真を撮ったり、赤ちゃんをあやしたりするのが苦手です。そういう盛り上がった行動をとることに、まったく興味が湧かないのです。

私もいずれ結婚したり子供を持ったりすると思うのですが（まだ具体的な予定はありません）、自分のことでも熱心になれないのではないかと思うと不安になります。

女子として何かが欠落しているのでしょうか。それとも人間味が足りないのでしょうか。

## あなたも私と同じ、正直者なんだわね。

A

生まれたばかりの赤ン坊、中にはどう見ても猿のジイサンのようで、どうしてもアラ、可愛いとはいえないようなのを見て、「まあ、可愛ーい！」

といえる人は特別な才能の持主だと、若い頃から私は思ってきました。「女子として何かが欠落しているのでしょうか」なんて、反省したりしませんでした。

いったいどうしてあんな芸当――心にもないことをいえるのか、と考えて、これはどうやら「女は愛嬌、男は度胸」といわれた時代――明治、大正、昭和前半――に培われた習性によるものらしいと思い当たり、かくて男社会の女性はいつ知らず愛想のよさ、口のうまさで優しさや素直さを表現する伝統が出来上がったのであろうと思い決めたのでありました。

その伝統は今でも消えず、テレビのワイドショウなどでも犬コロや猫の仔などが出てくると、必ずどこからか「カワイイ」という若い女タレントの声が放たれる。すると私は、何ともいえないイヤアな気持になるのです。そりゃあ、中には本当に「かわいいねえ」と思う映像が流れることがあるけれど、小さなものが出てくると、猫も杓子も「カワイイ」と黄色い声で叫ぶのは、ここで一パツ感激してみせなければという使命感にかられて叫んでいるような気がして白々しく、「アホの一点ばり」とはこのことだ、といいたくなってしまう。

そういう私と、そしてあなたは正直なだけです。融通の利かない、順応性のない、無愛想な、既成概念でいうと「女らしくない」、といわれる女なのです。人によっては「欠落」している、「人間味が足りない」と批判するかもしれないけれど、それは価値観の違いでそう思うだけなのだから、仕方ないですね。向こう岸から見れば、確かにそう思えるでしょう。

けど「そう見えた、そう思われる」からといって、どうということはないのである。そう私は思います。向こう岸の住人になる必要はないと思うけれど、どうしても向こう岸の人になりたいのなら、努力することとです。「わァ、カワイイ！」と叫ぶ努力です。一生懸命に努力すれば、向こう岸に渡れるだろうけれど、渡ってみて、さて、居心地がいいかどうか。ありのままの自分として正直に悠々と生きて行けば、それこそ本当の「人間味のある人」になると私は思いますがねえ。

## 若さと美しさを保つ秘訣を教えて!

（五十六歳女性・自営業）

**Q**

五十代も後半を迎え、日に日に深くなるシワ、存在感を増すシミやたるみにおののく毎日です。

衰えが気になりだした四十代からいろいろな美容法や化粧品を試してきましたが、CMでうたっているように、「これだけでお肌にハリが蘇る!」なんてことは、まずありません。

女性の平均寿命まではまだ三十年もあるというのに、今がこれではこの先どうなるのかと、朝晩、鏡を見るたびに絶望的な気分になっています。

ところが先日、本屋に行ったときに、佐藤先生のお写真が載っている本を発見！　九十歳とあるのに、ピカピカ、ツヤツヤな笑顔ではありませんか！　芸能人のように写真を加工しているのだろうか……と疑い、眼を凝らしてじっくり見ましたが、それにしては自然な雰囲気ですし、それなりにシワも見受けられます（失礼！）。

私より三十歳以上も年長の方がこんなに若々しくてきれいだなんて、いったいどういうことなの？　と驚くやら腹立たしいやら（たびたびの失礼、お許しください！）。

佐藤愛子さんといえば、昔から「美人作家」で知られていましたが、いまだにこれほどの若さと美しさを保っていらっしゃるのには、何か秘訣があるのでしょうか？

特別な美容法や化粧品などがあるのなら、何とぞお教えくださいませ。伏してお願いいたします！

## 努力あるのみ、かしらねえ。私はしないけど。

# A

——伏してお願いします、といわれてもねえ。若さと美しさを保つ秘訣？

そんなものないでしょう。

いくらがんばったって、季節が廻れば咲いた花も枯れ凋（しぼ）んで雨に打たれ風に散るように、人間だって自然の力には逆らえない。皺とり手術をしたところで、してもしても追っつかない時は必ず来ます。来なければそれは妖怪の類（たぐい）だわね。

東北の女性は肌のキメが細かくて色白という特徴があります。西の方の人はどうがんばっても「キメ細やかに色白」というわけにはいかないのは、これは気候風土、つまり自然の力によるものなので、化粧品や手入れのし方、努力で少しはキメの粗さや色黒を治すことが出来たとしても、その努力を怠るとメッキは剝がれる。要はその「努力を怠らない」ということに尽きるんじゃないですかねえ。

――ないですかねえ、なんて気の抜けたいい方をするなと叱られるかもしれないけれど、この私はそんな努力をする暇も気もないので、ついそうなってしまうんです。「その努力」とはどういう努力か、中身さえ知らない私なのだ。

貰い物の石鹼で顔を洗って、美容師の福山さんという親切な人が勧める化粧水（名前は知らない）で顔面をハタき、染みが消えるクリーム（これも名知らず）をつけて寝るだけ。染みは一向に消えないけれど、惰性的に使っている。朝も同じです。それだけ。いやもう一つ、福山さんお勧めのクリームをつけている（時もあり、つけない時もある）。

私の写真がピカピカツヤツヤだとしたら、それはカメラマンの力ですね。また雑誌によってはメイクなるものをしてもらうので、ヘアメイクの松原さんという名手のおかげでピカツヤに写っているのです。松原さんの手が入っていない時の私、スッピンの私は年にふさわしいヨレヨレ婆ァです。
テレビや婦人雑誌で、やれ美魔女だの何だのともて囃(はや)されている美女群を見かけるけれど、それも長い人生のほんの「一時(いっとき)」のこと。いずれはみな同じ途を辿る。早いか遅いかの違いがある程度のこと。やがては白骨、あるいは灰になるのだ。

人みな同じ。何のかのいってもしょせんは肉体は滅び魂だけになって、ふわふわと四次元をさまようのみなのだ。そこまで考える必要はないかもしれないが、この私は本気でそう思っている。それが九十過ぎまで生きて来た身が辿りついた境地であります。

## 小学校の教師になるのが夢だったのですが、この頃ちょっと不安です。

（二十一歳男性・大学生）

Q

僕は子供の頃から小学校の先生になるのが夢でした。小学五年、六年のときに担任だった先生が本当に素晴らしい人で、僕も大人になったらこの人のようになろう、教師になって子供たちに夢や希望を持つことの大切さを伝えていこうと思ったのです。

その思いはずっと変わらず、大学も教育学部に入って教師になるための勉強をしてきました。

でも、最近、教師の労働時間や仕事量の多さなどが社会問題として取り上げられるようになり、ちょっと不安になってきたのです。そうした情報を知れば知るほど、今の学校はまるでブラック企業みたいなんです。あまりの多忙でメンタルを病んでしまう教師も多いといいます。そんなところで、僕が憧れたような教師になることが本当にできるのだろうか……。

両親もそういうニュースを見聞きして、「大学院に進んで研究者になるという道もあるんじゃないか」「大学で教えるのも教師の仕事よ」などと言い始めました。

小学校教師への憧れは変わらないものの、気持ちが少し揺らいでいるのも確かです。雑音に惑わされず、自分の意志を貫くべきか、それともほかの道も選択肢の一つとして考えた方がいいのか。

佐藤先生、ぜひアドバイスをお願いします！

# 青年の蛮勇に期待したいけどねえ……。

A　老いも若きも夢を捨てているのが現代です。
捨てる理由は夢と現実とはあまりに違うということです。物質的価値観にぴったりと隙間もなく蔽われてしまった現代は、夢を持つ前から捨てざるを得なくなってしまっています。

例えば「ジャアナリストの夢」を抱いて日本を代表するような大出版社に入社しても、配属された部署が週刊誌であれば不満をいう暇もなく夢も理想も吹っ飛んでしまいます。有名人のイロゴトの証拠を摑むために昼も夜もなく探偵ごっこ、夜通し寒風の中に佇んでホテルから出て来る男女を見張ったり、追っかけて見失ったり、こんなことはぼくの主義に反する、なんていって張り番の車の中で高イビキなんてことをしていると、「使えない奴」として見捨てられる。その気骨を認める人物なんて一人もいません。理想論をぶてばぶつほどバカにされるという、そんな仕組みになっているんですよ、現代社会は。

先生の世界だってイロゴトの見張りよりはマシかもしれないけれど、昔の先生のように理想を貫くことは無理です。第一にかつて先生に対してあった「尊敬」がないのです。校長は教師ではなく経営者になってしまっているし、何よりＰＴＡの女群という大敵が、ことあらば文句をいおうと蠢いています。生徒の中には小生意気に理屈をいうのが利口な証拠のように思っている奴がいる。目ざすのは有名高校、有名大学へ行くこと、さもなければサッカーか野球か、とにかく将来、有名になり金儲けをすることが目的になっていて、昔の子供と違って努力はするけれど、知識の量を増やすことしか頭にない様子です。

ご両親は大学院へ進んで大学教授になることを勧めておられるようですが、大学教授の仕事は知識の切り売りになっています。青年の精神に何を与えるかよりも、就職先のアッセンで忙しい。

ハッキリいうとしたら、今はどこへ行っても夢は潰れますよ、ということだけです。それはわかっているけれども、しかし挑戦してみようという意気込み（蛮勇）を持つ青年が現れることを私は期待しているのですがねえ。ムリですかな？

## 彼氏のプレゼントセンスが悪いんです……。

（二十七歳女性・アパレル店員）

Q つき合って一年ほどになる彼氏がいます。明るい性格のスポーツマンで、一緒にいてとても楽しい人なのですが、一つだけとっても大きな問題が……。

彼が誕生日やクリスマスにくれるプレゼントが、ことごとく私の好みに合わないんです。

彼は自分で会社を経営していて、その年齢（三十五歳）としてはお金のあるほうなので、いつもティファニーやカルティエなどハイブランドのものをくれるのですが、若い女子（私のこと）が身につけるにはちょっと……というような、レオパードのブローチだったり、前衛的すぎるスカーフだったりします。

どんなに高価でも、欲しくもないものをもらっても少しも嬉しくありません。

そのお金で二人で美味しいものを食べたほうがよっぽどいいです。

でも、彼はなぜか自分のセンスに絶対の自信があるらしく、プライドも高いので、「気に入らない」とはいえません。また、サプライズが大好きな人なので、一緒に選ぶこともできません。

どうすれば彼を傷つけずに私の本心を伝えられるでしょうか？

# そんなことでガタガタいいなさんな。

# A

プレゼントの趣味が合わないくらいでガタガタいいなさんな。

彼氏がくれるプレゼントが高価すぎるものだったとしても、あなたのフトコロが痛むわけじゃないし、そうすることが彼の幸福なのだと思って素直に受け取ればよろしい。

世の中、すべて自分の思い通りに行かないものであることを、人は幼稚園に入ったあたりでもう既に経験している筈です。

古いイロハかるたに、

「亭主の好きな赤烏帽子(えぼし)」

という文言があって、そもそも烏帽子というものは黒と決まっているのに、この亭主は赤い烏帽子をかぶりたがる。女房殿は人が笑うからやめさせたいのだが、それほど好きなものなら仕方ない、と諦めてその珍奇な赤烏帽子を許している、という「妻たる者は夫に対してそれくらい広い気持をもっていなければならぬものだ」という心得が籠められている言葉である、と(それが正しい解釈かどうかはわからないが)昔、教わったことがある。

彼のくれるプレゼントの趣味が合わないものだったとしても、赤烏帽子よりはマシではないのん？

男友達にしろ女友達にしろ、恋人、夫、やがてはわが子に至るまで、人間は一人残らずそれぞれがそれぞれの趣味嗜好を持っている。それを許容出来なければ、安らかな暮らしなど望めないでしょう。

どうすれば彼を傷つけずに本心を伝えられるか、って……。

本心なんか伝える必要はなし。いや伝えてはいけない。伝えて彼の心を傷つけることを心配するよりも、彼があなたの「傲慢」に気がついて、いや気がさすことを私は憂います。

何をいい気になってるんだ。大切なことは、感謝でしょ。愛情でしょ。

彼のあなたへの（たとえあなたの趣味に合わなくても）愛情のあかしである品々への感謝がないことを、私は「傲慢」だというのです。

# 結婚生活が平穏すぎて退屈です。

（四十七歳女性・主婦）

Q

結婚して二十年、主人は堅実な一流企業に勤めており、住まいは彼の両親が建ててくれた都内の一戸建て。主人は次男なので親との同居もなく、とても恵まれた生活を送っています。

残念ながら子供はできなかったので、昼間はエステや習い事に通ったり、友人とランチの食べ歩きをしたり、仕事や子育てに追われている友人たちには「優雅でいいわね」と羨ましがられます。

でも、私はこの生活が退屈でたまらないのです。

贅沢な悩みだといわれてしまうのはわかっているのですが、ドラマや映画のように、めくるめくような恋や天地がひっくり返るような衝撃的な出来事が、私の人生にも起こってくれないだろうかと夢想してしまうのです。

主人は真面目でやさしく、私をとても大事にしてくれますが、見た目も性格も凡庸な人で、結婚前も今も、恋愛感情はありません。

そもそも、主人の取引先の会社の受付嬢だった私を彼が見初め、条件のよさと「惚れられて結婚するのが女の幸せ」という親の言葉に押されて、決めた結婚なのです。

自分でいうのもなんですが、容姿には恵まれているほうです。でもそれ以外特に優れた点や、やりたいこともないので、主人に愛されてのんびり暮らす今の生活が、私には一番だとわかっています。

それでも、「何かが起こってほしい」という思いがやみません。このまま何事もなく年をとっていくのかと思うと、いっそこの家を出てしまおうかという衝動に駆られるときもあります。

どうすれば、この悩みを解消できるでしょうか。

## 心配しなさんな。イヤでも「こと」は起こるわよ。

結婚して二十年、何かが起こってほしい。結婚生活が平穏すぎて退屈でたまらない。いっそこの家を出てしまおうかと考えたりしている奥さんよ。

# A

そう慌てなくても、あと三、四年経てば、必ずことは起こります。更年期というものが来て、更年期障害が起き、顔がむやみに火照(ほて)ったり、メマイ、立ちくらみが頻発、イライラし、ウツウツと、何をする気もなくなる。といっても人によって差はあるらしく、たいしたこともなく終ってしまう人もいるようだけど、そういう人は常々忙しく立ち働いている人、貧乏や苦労と戦っている人などに多く、症状が強く出る人は贅沢をして何の苦労もなく、ノラクラに多いといいます。奥さんよ、あなたにはその可能性大と見ていいんじゃないかしら。

四十七という年齢は、これからいろいろとことが起きる年齢でね。例えば若い頃は真面目で働き者だったご亭主が、ある程度経済力と地位を得て気がゆるみ、そこへもってきて若い時は容姿自慢だった奥さんのご器量の方も落ち目になってくるし、その上贅沢好きのノラクラときては、愛情が醒めていくのは必然だし、その一方、(今は奥さんは無関心らしいけど) そのうちイヤでも関心を持たないわけにはいかなくなる地震、洪水、火山爆発、地球温暖化、テロとの戦い、中国の領土野心、韓国の敵愾心(てきがいしん)などなど、お金と暇と容姿だけでは何の力にもならない事態が予想されます。

心配しなくても平穏はつづかない。それが破られる日は必ず来ます。早まらずお待ちなさい。

## 写メを送ってくる友人に困ってます。どうすればやめさせられる？

（四十九歳女性・主婦）

Q

アラフィフの主婦です。私のママ友がやたらと食べ物の写メを送ってくるのに困っています。

昨日も私の携帯にガイヤーンやプーパッポンカリー、ラームプーの写真を次々と送ってきました。どうやら職場のお友達とタイ料理を食べに行ったらしいのです。その前は大学時代のお友達と行った創作料理のお店で、マグロの頬肉レアステーキ、ハマチの白子ポン酢などの写真が送られてきました。

食べられもしないご馳走の写真ばかり送られても困ります。というより腹が立つのです。私に何を言わせたいのでしょう？

写真には短く「ここサイコー！　今度、来ようね！」とか「もうワイン二本あけてマース」といった文章がつけてあります。それがどうした、と言いたくなります。私は糖尿病なので食べる物には気を使っているし、お酒はいただきません。それを知っていてなぜ彼女は送ってくるのか、その心理が知りたいです。

中には「ひさびさ夫クンとデートです」という文章と共にご主人が大きな口を開けて今まさにピザを頬張ろうとしている写メもありました。よそのお宅のご主人の写真など嬉しくもないので、すぐに削除です。

それでも私としては子供のおつき合いもあることだし、お返事は必ずしています。

「もうあんまり羨ましがらせないでー」とか「いじわるー」といった文章を笑い顔の絵文字をつけて送っていますが、内心は腹が立ってきりきりしています。

食事の前に料理を写メするお客を叱りつけた板前さんもいると聞きました。お料理なさる方にも失礼ですよね？

彼女はどういうつもりなんでしょう？　やめさせるいい方法があればご教示ください。

# あなたの相談のほうが問題だわね。

A

外食の料理の写メを送ってくるママ友にお困りの奥さんよ。「どういうつもりなんでしょう？」といわれてもねえ。そんな妙な趣味の持ち合わせがない私には、全くわかりませんね。

「やめさせる方法をご教示ください」って……。

方法？　そんなむつかしい問題じゃないでしょう。「やめてくれ」とはっきりいえばいいだけです。それでもやめずに送ってくるようなら、その人は普通の人間ではないので、それなりの対応をしなくてはなりません。彼女にご主人がいるのなら、ご主人に頼むとか、それでもやめなければ、一切無視するとか、喧嘩をして絶交する、精神科医に相談する、あるいはオドシをかける。やめなければ家に火をつけるぞとか……。

いくらなんでも、そんなムチャな回答はない、失礼な、と怒られるかもしれないけれど、それほどアホらしい質問だということですよ、これは。

人生にはこれくらいのことはいくらでも転がっているんです。この程度のことで、人に相談をしなければならないあなたはこれまでどんな生活をしてきたんだろう、と思ってしまう。

いいじゃないですか。彼女がご馳走を見せびらかしたくなっているのなら、家族で見て、値段の当てっこをするとか、見た目はいいけれど、たいした材料は使ってないよとか、普段ろくなものを食ってないものだから、この程度のものを喜び勇んで写メしてくるんだ、などと論評するのも一興ではないですか。だいたいね、人には人を変えさせる力なんてないんです。人間が変わる時があるとしたら、それは自分で気がついて、後悔したり苦しんだりして自分で改革しようと思った時しか変われないものなんです。自分のことは自分でせよ。

写メの奥さんを変えようとするよりも、自分を変えようとした方が話が早いと思いますよ。

## 作家になるためにはどうしたらいいのでしょう？

（二十四歳男性・会社員）

# Q

一昨年、大学を卒業して就職、社会人二年目の男子です。

僕の子供の頃からの夢は、いつまでもたくさんの人に読まれ続けるような、すごい作品を書く作家になることです。

友だちにも家族にもいっていませんが、今もひそかに作家をめざしています。

普通に就職したのも、社会人としての経験を小説に生かすためです。

しかし最近、どうすればこの夢を叶えられるのか、不安になってきています。

出版社や作家に何のコネもないので、新人賞に応募して賞を取るとか、編集者に見出してもらうしかないと思い、学生時代からいくつかの賞に応募しているのですが、一番よくて二次選考止まり。自分の作品がどう評価されたのか、知るすべがありません。

同人誌への参加や文学フリマなどに出品することも考えましたが、人と群れるのが苦手だし、フリマのようなお祭りっぽい場で作品を発表したくないのです（考え方が古いのでしょうか）。

勤めている会社は小説や出版とはまったく無縁の業種ですが、将来の作品に生かすためと思って仕事には真面目に取り組んでいるので、周囲からは有望な若手として評価されているようです（うぬぼれではなく上司や先輩からいわれました）。でも、本当にやりたいことではない仕事で評価されても仕方ないし、このまま会社員を続けていると、作家への道がどんどん遠のくような気がしています。

作家になる夢を叶えるために、僕はどうしたらいいのでしょう？

## 何をいうてるのや！　と怒っても わからないだろうなあ、あなたには。

# A

今は亡き遠藤周作さんが盛んに活躍していた頃のこと。母校の灘高校に頼まれて、講演をした。すると最後の質問時間に、

「先生、ぼくは作家になりたいのですが、まずどうすればいいでしょう？」

といった学生がいたそうです。

「それでオレは怒ったんや」

と遠藤さんは私にいいました。

「どうすればいいかって、なんだ君は！　……」

その後の言葉をここに再現したいけれど、何しろ四十年くらい前の話だから

忘れてしまいました。「お前はバカか！」といってやったといったことだけよく覚えています。

遠藤さんが憤怒した気持は私にはよくわかる。わかるけれども怒られた学生の方はわからないだろう、とその時私は思いました。

私なんぞがもの書きになったのは、作家に「なりたい」と思う前にまず、「これを表現したい」という欲望が疼（うず）いて、ただやみくもに書きたいことを書きたいように書き、それをくり返しているうちに、他人の評価を知りたくなる。そのうち似たような仲間が見つかって親しくなり、お互いに作品を見せ合って、けなしたり、褒めたり、喧嘩になったり、仲直りしたり、そしてこの次は、この次は、と希望を持って次の作品にとりかかる。文壇に認められたいとか、原稿がお金になるとか、考えもしなかった。とてもそんなことを望む段階ではない、という自覚がありましたからね。とにかく「書く」ことで日常の空白が埋まったのです。外見（そとみ）には実に不毛な年月です。

出版社のコネ？　作家の引き？　新人賞？

何をいうてるのや、と遠藤さんなら怒るでしょう。私は怒ってもわからないだろうと思うから怒らない。嘆息するだけ。

以上、私の考え方はいくらかでもわかりましたか？

あなたは「何を表現したいか」ということがなくて、ただ「作家になりたい」と考えている。何を書きたいのか、どんな作家になりたいのか、そのイメージさえもないように見える。有名ラーメン屋になろうと思うので、まず何からどうすればいいですか？　と訊くのと同じ。

「まずラーメン屋の小僧になれ」

と気の利いたラーメン屋ならいうでしょう。どんぶり洗いから始めよ、と。

組織に属さずに自分の力だけで生きるということは、サラリーマンのように真面目にやってれば段階を踏んで上って行けるというものではないのだ。

コネがあっても、作家にヒキがあっても、アカンものはアカンのだ。一生、うだつが上らなくてもかまわぬ。やりたいからやる！　これ以外は何も出来ないからやる！　そういうものです、この仕事は。わかったか！

## 借金を申し込んでくる叔父に困っています。

（三十七歳女性・主婦）

Q

高校時代の同級生と社会人になってから再会し、三年ほどつき合って、二十七歳のときに結婚しました。夫は銀行マン、最初は共働きでしたが、最初の子の出産を機に専業主婦になりました。

結婚してしばらくすると、夫の叔父から借金の申し込みを受けるようになりました。それも一度だけではなく、返済されたことはほとんどありません。

叔父は会社を経営しているといっていますが、どんな会社なのか、実態はよくわかりません。夫がくわしく聞きだそうとしても、いつものらりくらりとごまかされてしまうそうです。

親戚中に借金を申し込んでいるようですが、特にうちは夫が大手の銀行に勤めているので、余裕があると思っているらしいのです。

うちには子供が三人いて、子供たちの将来の学資なども必要ですから、戻ってくる見込みのないお金を貸したくはありません。

本当はもう縁を切りたいぐらいなのですが、夫の父の弟なのでそうもいきません。夫は早くに父親を亡くしていて、子供の頃は叔父にずいぶん世話になったといっており、あまり邪険には出来ないようです。

結婚は結婚相手とだけするものではないといいますが、結婚することになったときに、まさかこんな親戚がいるとは思いませんでした。

この叔父にどう対応していけばいいのでしょうか。

## なんとも頼りない旦ツクだなあ。

# A

問題は借金魔の叔父貴よりもあなたの旦那さんにあると私は思いますね。ご主人の考えがわからない。子供の頃、叔父さんの世話になったので邪険に出来ない、それだけで断われない？　ホントかな。何かあなたにはいえない弱みでもあるんじゃないか、そう勘ぐりたくなるくらい、考えられないほど頼りない旦ツクだなあ。

あるいは旦那さんは腹の据わった大人物で、金は天下の廻りもの、出した金はいつか戻ってくるさ、わハハハ、と鷹揚に構えている人なのかも、と考えたりするのですが、往々にして世間ではお人好しのアカンタレが鷹揚な大人物に見えたりすることがありがちで（何の意見もないので、いつも沈黙している男が男らしく見えたり）、まずそれを見極めることが必要です。

旦ツクには彼なりの考え（主義、哲学）があって、返らぬ金とわかっていてもあえて貸すのだとしたら、それは男が男としての人生観から、自分の損得を無視して選ぶことだから、これは仕方がない。妻たる者は目をつむって耐えるしかない。物質よりも精神性に重きを置く夫を、そんじょそこいらの損得に明け暮れる俗物どもとは違うと思って容認する（覚悟を決める）という健気な妻になる、という考え方もあるし、また、こういう考え方もある。

子供が三人いて将来のことも考えておかねばならないことを、一家の長としてどう考えているのか、そのことは心配のないよう手筈を整えているのか、はたまた、ただの気の弱い不精者、なりゆき任せのアカンタレなのかどうか、それをじっくり問い詰めて、善後策を講じるのがあなたの役目だという考え方。

「結婚は結婚相手とだけするものではないといいますが、結婚することになったときに、まさかこんな親戚がいるとは思いませんでした」

なんて、愚痴ってる場合じゃない。問題は借金魔の叔父貴じゃない、あんたの旦ツクなんだ。

しつこいようだけど、更に一言。

「叔父さんともう縁を切りたい」といっているけれど、縁を切る必要はないんです！

「貸せない！」

と一言、ハッキリいうだけでいいのです。旦ツクがいえないのなら、あなたがいう。それが家庭を守る立場の妻のなすべきことです！

エイ、もう、ひとごとながらイライラするねえ、この旦ツクは。

## どうすれば生きる希望が持てますか。

（三十五歳女性・会社員）

# Q

未婚ですが、子供の頃から父が浮気を繰り返し、夫婦喧嘩が絶えないのを見ていて、結婚がいいものとは思えなくなってしまったので、結婚願望はなく、今後もずっと独身だろうと思っています。

今は中堅の会社の社員として働いていますが、とくに面白い仕事でもないし、これから先、何十年もこの調子で地味に働いていくのかと考えると、生きる希望が湧きません。

また、年をとるにつれ、自分の性格がどんどん気難しくなっていると感じています。以前は、何か不満があったとしても、心の中に止めるか親しい人に愚痴をこぼす程度でしたが、最近は喧嘩もいとわなくなっていて、周囲と波風を立ててしまうこともあります。

このままだと独身で偏屈なおばさんになってしまいそうです。何か生きる希望があれば、もっと明るく生きられるのではないかと思うのですが、どうすればそれが持てるのかわかりません。

希望を持って生きて行くには、何をすればいいのでしょうか。

## 誰もが希望を持って生きているわけじゃない。

**A**

人は誰もが希望を持って生きているわけじゃないんです。

いっとき希望を持つことがあるとしても、いつとはなしに現実生活の中に紛れて消えて行く。それが多くの人生です。

かつて私には目標はありました。しかし、それは希望ではなかったです。二十五歳で作家を志した時、それは希望というような形で私に宿っているわけではありませんでしたね。

作家になりたいけど、なれるだろうか？

いや、ダメだろうな。

そう思うけれど、ほかに出来ることが何もないからねえ。

そういうあんばいでした。小説なんてものは非生産的なもので、せっせ、せっせとたゆまず書けば賃金が貰えるというものじゃないです。認めてもらえなければ、書いても書いても無駄になるだけ。特定の認めてくれる人がいて、その人のところへ作品を持って行けば、その人の尽力で小説が売れるなんてこともない。特定の人物なんてどこにもいない。ただ相手がわからぬままに、目に見えぬ存在に向かって小説を書くという日々です。

書き上げた作品をあちこちの出版社にいきなり持って行って「読んで下さい」といって無理に置いてくる。相手の編集者がそれを読んでくれるか、そのまま忘れ去るかはわからない。わからないのに、そういうことを来る日も来る日もやっている。

希望？　そんな言葉は頭に浮かんだこともなかった。

ただ目標があっただけ。

そして時々、思ったものです。行く末は「野たれ死にか」と。仕方ない。これしか出来ることはないんだから……と。

希望なんてものじゃなく、あったのは「覚悟」ですよ！　覚悟を決めて、行く先の暗がりへと歩みを進めた、それだけです。覚悟があれば、人生、それでいいのだ！

だいたい、あなたのいい分で気に食わないのは、お父さんが浮気を繰り返したので、結婚願望がなくなった、などとホザイてることだ。会社員だが、仕事は面白くないので生きる希望が湧かないとか、このままだと偏屈なおばさんになってしまいそうです、と自分で自分を心配している。他人ごとのように。

「希望を持って生きて行くには、何をすればいいでしょうか」だと？

そんなね、あんた。料亭へ行って、

「私がおいしいと思うような料理は何を食べればいいでしょう」

と訊くようなことはいわないで下さいよ。

## のんきな娘をやる気にさせるひと言を！

（四十一歳男性・会社員）

# Q

十四歳になる中学二年の娘のことが心配でたまりません。

一年生の時はバドミントン部に所属し、部活にも勉強にも前向きに取り組んでいましたが、二年生になって友達とのいざこざが原因で、突然退部してしまいました。

それ以来、成績が急激に下がり、一学年二百人の中で二十番くらいだったのが、今では後ろから数えて二十番くらいという有様。ただ、本人は成績が下がっても、まったく悔しがったりがっかりしたりしておらず、それでかまわないと思っているようです。

悪い友達とつき合っている様子もありませんし、家でスマホをいじったり、漫画を読んだり、いたって楽しそうに過ごしてはいるのです。ただ、勉強にまったくやる気を見せないので、このままでは高校進学さえあやういのではないかと危惧しています。

最近、三人の子供全員を東大に合格させたお母さんの本が売れていると聞き、何かヒントがあるかもしれない！　と勇んで読んでみたのですが、そもそも勉強ができる子をさらに伸ばすという内容でレベルが違いすぎ、ヒントどころか、かえって落ち込んでしまいました。

妻はのんきな性格で、「そのうちやる気になるから、放っておけばいいのよ」などと言っていて、娘のことを本気で心配してるのは私一人だけなんです！

佐藤愛子さんに活を入れていただければ、娘も俄然やる気になるのではないかと思います。どうか、そんな「奇跡のひと言」をいただけないでしょうか。

どうぞよろしくお願いいたします！

## 娘さん、見どころがある！

A

「やる気」にもいろいろあります。

気が弱くて虐めッ子にやられてばかりいる子供の「やる気」は虐めッ子に刃向かうことだし、大食漢大デブの子供に期待するやる気は「食わぬこと」です。あなたの場合は娘さんの勉強に対する「やる気」ですね。世間には簡単に「やる気を出せ！」「なぜやる気を出さん！」と子供に迫る親や教師、運動部のコーチなどがいますが、「やる気」というものはいわれてすぐ「ハイヨ」と出てくるものじゃないことは、その人たちだって十分経験してわかってる筈です。「やる気」は自分から「やろう！」と思う時が来ない限り出てこないものだってことくらい、誰だってわかってる。

私は自他共に許すぐうたら、何に対してもやる気など持たない子供でした。女学校を出ても、更に勉強したいなんてことは毛ほども考えず、ぐだぐだと家にいて、役にも立たぬ小説を読み、外へ出て青春を楽しみたいとも思わず、いったい何をしていたのか、話そうとしても話せないのは何もしてないからです。ぐうたらは直らぬまま嫁に行き、やる気のないまま結婚生活は破綻しました。

しかし人間にはどんな人にも底の方に何らかの力が埋蔵されているもののようで、離婚して一人で生きなければならなくなった時に、突如「やる気」が湧き起こったのです。

——こうはしておられぬ！

その思いがぬーっと立ち上がって来たのです。そこからの奮闘話は又の機会に譲るとして、だから私は「やる気」のあるなしにこだわるな、という主義になったのです。

「やる気」は強制されて出てくるものではない。必要に応じて湧いて来るものなんです。

娘さんの学校の成績が下がったこと、二百人中二十番だったのが、後ろから数えて二十番くらいという有様、ということですが、ソレが何なんですか？

それで悔しがったりせずに平然としている娘さん、見どころがあります。たかが学校の成績くらいで大の男が何を騒ぐ。三人の子供を全員東大に合格させたお母さんが本を出した？　それがどうした！　東大の何がエライ！　大切なことは学歴など問題にしない高い強い精神力です。

これがあなたの求める私の「奇跡のひと言」です。

## 夫のブーメランパンツをやめさせたい。

（五十五歳女性・主婦）

Q

先生にご相談したいのは私の夫のことです。

先生はブーメランパンツというのをご存じですか？　ブーメランのようなVの字型をした面積の少ないパンツで、よく水泳選手が穿いています。

私の夫がそれを穿くのです。私は気持ち悪くて仕方がありません。身体の引き締まった水泳選手ならいざ知らず、私の夫は五十七です。出っぱったお腹や、垂れ下がったお尻の肉が小さなパンツにかぶさり、穿いているのに全裸のように見えます。お風呂上がり、湯気の立った夫がそのパンツにそろそろと足を入れる時、イライラがこみ上げてきて私は目を背けます。

夫に言わせると「そのパンツを穿いた日は売り上げがいいんだ」そうです。夫は小さなアクセサリーショップを経営していますが、そのパンツを穿いた日だけ、どういうわけか売り上げが五万円を超えるそうです。

先生、私は夫を愛しています。何の不満もありません。ただ、あのパンツだけが嫌なのです。

どうすればいいでしょう。

ちなみにパンツはナイロン製です。何度も洗うのでクタクタになり、畳むとき指にまとわりつくのも不快です。

## 越中ふんどしにしてみたら？

A

夫のブーメランパンツ姿。キモチ悪いのなら、見なきゃいいんです。

「出っぱったお腹や垂れ下がったお尻の肉が小さなパンツにかぶさっている」姿や、「風呂上がりの湯気の立つ夫がそのパンツに足を入れる」格好を、何のためにあなたはそこまで子細に見るのですか？ 私はそのわけを知りたい。

もしかしたらあんたはヘンタイではないのか？ 見ないですむものを、わざわざ見て、イライラがこみ上げるのを楽しんでいるとは、ヘンタイといわずして、何といおうか！

何度も洗濯するのでクタクタになって畳む時に不快なら、そんなもの捨てればいい。捨てるのは勿体ないというのなら、お宅に犬はいますかな？　いるのならその犬にキモノとして着せたらどうですか？　犬の大きさと合うように工夫しなければならないことは当然のことですが、大型犬ならパンツとして穿かせることが出来るでしょう。但し尻尾を出す穴だけは開けてやって下さいね。

メス犬には生理がありますから、その時に穿かせるのが有効です。そういう犬を見かけたことがあります。初老の上品な奥さんが連れていたのですが、見たところ今はもう売ってはいないだろうと思えるようなシロモノで、だぶついているところは、上から紐でグルグル巻きにしてありました。なんだか古布のカタマリが歩いているようで、犬はうなだれていました。

そんな面倒くさいことをしたくないというのならお捨てなさい。パッと捨てて、後はご主人のパンツ姿など見ないこと。そんなパンツは買わないこと。私は越中ふんどしがいいと思いますがね。

でもそうなるとあなたのイライラの「楽しみ」はなくなりますよ。覚悟を決めてふんどしを買って下さい（売ってないかもしれませんが、縫うのは簡単です。日本手拭いに紐をつければいいだけです）。

## 濡れたタオルを放置する彼氏にイラッ！

（三十一歳女性・会社員）

Q つき合って二年になる彼と、生活習慣というか……日常の感覚が合いません。

彼は寮暮らしのため、私の家（マンションで一人暮らしです）に遊びに来ては泊まっていくのですが、お風呂から上がった後、髪や身体を拭いたタオルを、ソファやベッドの上にポンと置きっぱなしにするのです。

つき合い始めの頃は、私が黙って洗濯機に放り込んでいたのですが、結婚を考えている相手なので、ちゃんと教育しなければと思い、最近は「ソファやベッドが湿ってしまうから洗濯機にお願いね」とやんわり注意するようにしています。

それなのに、毎回毎回ソファへポン、ベッドにグシャー……そのたびにイライラしてしまいます。

そのほかにも、エアコンをつけているのにドアを開けっ放しにしていたり、洟をかんだティッシュを丸めてテーブル（食事中の！）に置いたりと、ちょっと首を傾げてしまうようなことが多いのです。でも、いちいち注意していたら小姑みたいだし、偉そうだと思われるのも嫌です。

それ以外は、とても優しくて頭もいい理想的な彼氏なのですが、このままではいつか不満が爆発してしまいそうです。

イライラせずに彼氏とうまくつき合っていく、よい方法はないものでしょうか？

## 人は変えられないとわかっているあなたはエライ！

# A

イライラせずに彼氏とうまくつき合って行く方法？ ないです。

あなたが変わる努力をするしかないです。

あなたは頭がよく理性的な女性のようですね。普通の女性なら「彼を変えるにはどうしたらいいでしょう？」と訊くところです。

だがあなたは「うまくつき合う方法はないものでしょうか？」と訊く。人を変えることなど（その人が自分を変えようと思わない限り）出来っこないことを、知っているあなたはエライ。

ところであなたが彼のだらしなさに我慢の目をつむって来たのは、彼への「愛」

の力でしょう。しかし、その力は、やがて二人の関係が濃密になりやがて結婚し、愛が習慣、惰性になって行く頃に(その時は必ず来る)我慢が爆発点に達するか。それともあなたの潔癖性が、日常的な諦めと馴れによってなし崩しになって行き、

「また！　また！　しょうがないわねえ……」

「いい加減に改めたらどうなの！」

などあれこれ文句をいいつづけてはいるけれど、それはいつか、「妻の歌」とでもいうような、折にふれ口ずさむ歌のようなものになり、さすがのだらしない夫も識らず識らずのうちにその歌が染み込んで、行いを改めるようになる……か、それとも一向に改まらないか、妻が勝つか夫が勝つか、この勝負は実に面白い。

長い目で見れば結婚して子供が一人……二人……三人と増えて行けば、自ずから結着がつくことなのだ。三人ものガキが(しかも年子)いれば、整理清潔好きのあなたも自然とだらしなくなり、さしもの夫も「なんだこの家は。だら

しねえなあ、少しは片づけろよ」というようになるかもしれず、そういう解決もあることをいっそ楽しみにしたらどうですか。

## 妻の母が毎日家にやってきて困ってます。

（三十三歳男性・会社員）

Q

私たち夫婦は結婚二年目、共働きで子供はまだいませんが、わりと仲良く暮らしていると思います。ただひとつ、妻の母親のことを除いては。

妻は早くに父親を亡くし、母一人子一人で育ってきたため、母親ととても仲がいいのです。結婚するときも「お母さんが急に一人になって寂しいと思うから、なるべく近くに住みたい」という妻の希望で、彼女の実家近くのマンションに決めました。

ですから、しょっちゅう行き来するようになることは覚悟していましたが、まさか毎日、わが家にやってくるとは思ってもみませんでした。

それも、たとえば夕食を一緒に食べるだけとかならまだいいのですが（それでも毎日は勘弁してほしいです）、義母はリビングに飾ってあるものを自分の好きなように並べ替えたり、私たち夫婦の寝室のクローゼットを勝手に開けて片づけたり、まるで自分の家のようにふるまうのです。

もう少し遠慮してもらえないかなあと妻に言っても、「私も働いていて大変だから手伝ってくれてるのよ。ありがたいじゃない」と、まったく取り合ってくれません。

妻は実の母親だから気にならないのでしょうけど、私にとっては赤の他人。自分のプライベートな部分がどんどん侵食されていくようで、家に帰ってもちっともくつろげません。

妻とも義母とも気まずくならずにこの事態を打開する、何かいい方法はないでしょうか。

## 乾坤一擲の戦いを挑め！

A このお母さんのような女性、つまり想像力の欠如した、思慮なし、自己チュー、鈍感、よくいえば無邪気、自分では善良で親しみ易い人間だと自負している年配女性は少なくないです。なぜか男にはいない。

私のような仕事をしていると、それは日々、実感しています。用もないのに電話をかけて来て、用件は何ですかと訊くと、別にないんだけれど、お声が聞きたくて、と朗らかにいう手合。そっちは声を聞きたいかもしれないけれど、こっちは見も知らぬ他人に頼まれて声を聞かせるような気楽な生活をしているんじゃないんだ。寸暇もなく仕事に追いまくられているんだ。

自分が暇なら相手も暇だと思う愚鈍な手合がなぜか増えているのです。昨日もね……と、愚痴をいいかけて、これは人生相談の回答だったことに気がつきました。あなたのお気持ちはよくよくわかるということを強調しておきます。

私の相手は見も知らぬ相手だから遠慮なくいいたいことをいえるけれど、あなたの相手は姑なのが厄介ですね。

「気まずくならずにこの事態を打開する方法」？

うーん、ないですなあ。こういうバアサンは想像力が欠如しているので、人のいい分を理解しないで、文句をつけられたと思って怒るだけです。しかも厄介なのはバアサンだけでなく、あなたの奥さんも困りものです。夫たるあなたの気持ちがどんなものかを想像しもしないで「私も働いていて……ありがたいじゃない」なんていっている。この親にしてこの娘あり。今は子供がいないからいいようなものの、十年後、二十年後には、いっとくけど母親と同じような干渉バアサンになるでしょう。

今のうちにあなたは母と妻を相手に乾坤一擲の戦いを挑むべきです。

「ここは私の家である。お義母さんの家ではない。従ってお義母さんに干渉する権利はない。それを認識して、この家から手を引いてもらいたい」

というようなことを、ハッキリ、堂々と、自信を掲げて、その為に発生する確執など黙殺して宣言するべきです。天空に響きわたる挑戦のラッパを吹き鳴らすことが出来るか否か。そうしてテキのドギモを抜く。

そこにあなたの男としての命運がかかっているのです。

それがダメなら、干渉バアサンのなすがまま。諦めなさい。

# 「ペット命！」の部下の気持ち、どうすれば理解できますか？

（五十二歳女性・会社員）

Q　この春から部長に昇格し、管理職として十名ほどの部員たちを束ねる立場になりました。その中の一人の女性のことでご相談です。

彼女は三十九歳で独身、一人暮らしで犬を飼っているのですが、その犬をとにかく溺愛していて、デスクの周りは犬の写真だらけ。

私は犬が苦手なので、ちっともかわいいとは思えないのですが、仕事が気持ちよく進められるならと何も言わずにいました。仕事面ではテキパキ業務をこなす有能な人で、部には必要な人材だからです。

ところが先日、その彼女が突然、無断欠勤したのです。

大きなプロジェクトを抱えてしばらく忙しい日が続いていたため、過労で倒れたのではないかと心配して電話をしたところ、涙声で「部長、すみません、連絡しなくて。でも、マリアちゃんが……」と意味不明の答え。え？　マリアちゃんって誰？　よくよく聞いてみると、マリアとは彼女の犬の名前で、今朝方、急に具合が悪くなり、つきっきりで看病していたのだそうです。

ペットのために無断欠勤……？　あきれて言葉も出ませんでした。

その後も、彼女は犬の看病のためにたびたび休みを取り、仕事も滞りがち。ほかの部員によると、犬の具合がずっと思わしくなくて、もう長くないかもしれないと獣医に言われたそうなのです。「マリアちゃんが死んだら私も生きていけない」と涙ぐんでいたそうで、みな彼女にすっかり同情している様子。いやいや、たかが犬でしょ？　とはさすがに言えませんでしたが、ペットの病気で仕事に支障をきたしてしまうということ自体、私にはまったく理解不能です。

これからもしっかり働いてもらうために、上司として少しでも彼女の心情を理解する必要があると思うのですが、どうすればいいでしょう?

## 理解などしなくてよし!

**A** つらつら推察するに、彼女が「ペット命」になったもとは、「三十九歳、独身」という現実に問題あり、と私はニラみました。この推察を正当化するには、彼女の容姿と性格、癖などを知ることが必要なのですが、それが得られないままの推察はつい独断的になってしまうことをご諒承下さい。

彼女の関心をマリアちゃんから逸らす良薬は、恋愛、あるいは結婚であると私は考えます。しかしおそらく彼女に結婚を勧めても、彼女は、

「いいの、私はマリアちゃんさえいればいいの、ねェ、マリアちゃん、そうよねえ」

などといってマリアちゃんに頬ずりしたりするでしょう。しかしそれは三十九歳の孤独を紛らすための悲しい強がりなのでしょうから、真に受けてはいけない。彼女にしっかり働いてもらうためには、犬ではない、人間の、男の相棒を探して結びつけることです。それが「上司として彼女の心情を理解する」ことになります。

「そんな無理なことは……あのご面相では……」などと困っているようなヘッピリ腰ではいけない。それが無理だというのなら、彼女に向かって、「たかが犬だろう、犬と会社の業務とどっちが大切だッ！」と怒鳴るだけの勇気を身につける修行をして下さい。「たかが犬でしょ？　とはさすがにいえませんでしたが」とあなたは書いておられる。「さすがにいえません」の「さすが」はど

ういう意味で使われたのか？

「上司として少しでも彼女の心情を理解する必要があると思う」ですと！　何を寝ぼけたことをいっておる！　理解なんかする必要なし。それより上司としての己れを鍛えなされ。修行だと思って、彼女を怒鳴りつけるべし。

## 彼氏ができて女の友情にひびが入ってしまいました……。

（十七歳女子・高校生）


Q 高校二年の女子です。前から気になる男の子がいたのですが、親友の応援もあって告ったところつき合うことになりました。

下校の時に一緒に帰ったり、日曜日にデートしたりしているのですが、最近、親友の様子がおかしいのです。へんにヨソヨソしくて、

「どうせ彼と一緒に帰るんでしょ?」

とか皮肉まじりみたいに言ったりします。

日曜日にデートがあるから彼女の誘いを断った時などは、

「私を裏切って男に走った」

と言われました。

つき合う前はあんなに応援してくれていたのに、急に態度が豹変して戸惑っています。気を使って三人で遊ぼうと言うと、

「私に気を使わなくていいよ。どうせ邪魔になるだけなんだから」

と言います。彼の友達と一緒に四人で遊ぼう、と誘うと、

「あんまり知らない人と一緒にいたくない」

と言います。

もうどう扱ったらいいのかわかりません。親友と前のような仲良しになる方法はありませんか？

# 面倒くさい友達だわねえ。

A

一人娘の結婚相手を見つけようと奔走していた母親が、いざ良縁が見つかって二人が仲睦まじく暮らしているのを目のあたりにすると、だんだん面白くなくなって来て、婿どのに八つ当たりをする――よくある話ですがそれの高校生版ですね。

そんな彼女には、散々彼の悪口をいえば機嫌は直ります。つき合ってみるとイヤなところが目について来た、というシチュエーションを作るのです。

その際注意することは、悪口をいうためにアレコレあらを探しているうちにホントに彼がいやになってくることです。

それともう一つ、彼には事情を説明して、悪口をいうことの了解をとっておくこと。

そんな面倒くさいことしたくないというなら、友人関係を解消すればいいだけのこと。そんな面倒くさい友達はいなくなってもいいでしょう。

## 自治会に参加しない若夫婦に腹が立ちます！

（四十三歳女性・会社員）

# Q

マンモス団地に住んでいます。お決まりの自治会組織があって、それぞれの棟で係を分担しています。おもな係は、階段委員、植栽委員、防災委員、レク委員などで、それに棟全体の世話人という係もあります。

ご多分にもれず、私の団地でも高齢化が進んでおり、八割は定年後のご夫婦、もしくは単身者。私たち四十代夫婦は「これからよろしくな！　俺たちジジイの後を頼むよ」などと声をかけられます。

棟によっては面倒な人がいて、混乱が起きているようですが、私の棟は平和です。みなさんいい人たちばかりなので、時間があれば、イベント（花壇の植えかえ、餅つき大会など）に参加するようにしています。

もちろん、家族と仕事優先ですし、無理に強要されることもありません。係も三年に一度くらいの頻度で回ってくる程度なので、順番だと思ってこなしています。

腹立たしいのは、一年ほど前に越してきた、同じ棟の若夫婦です。階段ですれ違うときなどに挨拶はしますが、そういった自治会のイベントには一切参加しません。係を決める棟会議にも出席しないのです。

小さいお子さんがいるので仕方ないかもしれませんが、私だって仕事を持っているし、夫と相談しながら何とかやりくりしてきました。

最近の若い連中は最低限のおつき合いってものを知らない。今度の会議を欠席したら、おまえら、どういうつもりだって言ってやりたいです。いや、もし欠席したら、いちばん面倒な係を押し付けてやる！

……ってイライラしている私は、度量が狭い人間なんでしょうか。でも、この腹立たしさをどうおさめればいいのかわからないのです。

# つまらん反省はおやめなさい。

A

集合住宅に住むということは、いうまでもなく他人との共同生活といえるわけで、当然我慢も必要だし義務も生じます。

それはこの社会に生きるための基本知識で、それがイヤならマンモス団地などに住まなければいいのです。

それくらいの常識は小学生でも知ってます。知らない手合（しかも夫婦揃って）がいるとしたら、教えてやるしかないでしょう。

「度量が狭い」もヘチマもない。

なぜ教えないのか。教えられないのか？

「おまえらどういうつもりだ！」といってやるぞ。一番面倒な仕事を押し付けてやるぞ！　と胸の中で息巻いて僅かな慰めにしているなんて情けなさ過ぎると私は愚考します。自分の度量が広いか狭いかなんて、そんなつまらん反省なんかするのはおやめなさい。

静粛にするべき場所（葬式の場とか、病人の枕もととか）で子供が騒いではしゃいだら、それをたしなめ、制するのが大人の役目でしょう？　それを度量が狭いなんて顰蹙（ひんしゅく）する人は一人もいません。その子の親だって思わないでしょう。

この若夫婦はコドモなんですよ。成熟していないコドモなんです。無智なんです。アホなんです。コドモに対してはコドモのやり方がある。アホにはアホの対応の仕方がある。相手のアホさの程度をよく見て、諄々と説き聞かせるなり、叱りつけるなり、オドシをかけるなり、意地悪をするなり、選んで実行して下さい。

# 会社の雰囲気が変わってしまった。転職した方がいい？

（三十九歳男性・会社員）

Q

大学卒業以来、ずっと同じ会社に勤めています。大企業ではないけれど、のんびりした雰囲気が自分には合っていて、まあまあ楽しく働いてきました。

ところが昨年、経営陣が交代したことで、経営方針が大きく方向転換し、会社の雰囲気がガラッと変わってしまったんです。

これまでは目標や予算もかなりおおざっぱだったのが、月別に売り上げや目標達成率などを逐一報告するよう求められ、ゆるやかだった経費の使い方も細かくチェックされるようになりました。

このご時勢、企業としては当たり前なのかもしれませんが、なんだか数字に縛られているようで、やる気がそがれてしまいます。

さらに腹が立つのが、以前は自分と同じようにのんびりしていたくせに、急にデキるビジネスマンみたいにバリバリ働きだした同僚たちの態度です。

会社や上司にへつらっているようで、見ていて気分が悪くなります。でも、そういうやつらのほうが自分より査定の評価が高くて、給料も上がってるんですよ。それも許せません！

こんな状況で働き続けるより、思いきって転職した方がいいんじゃないかと思い始めています。先生はどう思われますか？　ご指南いただければ幸いです。

# 転職より、会社勤めをやめた方がいい。

A

あんた、年いくつ？

三十九？

もう間もなく四十になるというのに、なにをアルバイトの高校生みたいなことをいってるんですか？

のんびりした会社で気に入っていたのが急に変わってしまった、すべてに厳しくなったのがイヤになってるってことだけど、あなたの気に入るようなのらくら会社だったから、おそらく潰れかけていたのでしょう。これではイカンというので方針を転換した。厳しくなったので、あなたはいや気がさして転職を考えているというわけね。

あなたのようなのらくら者が気に入る勤め先というのはそうはないと思うけれど、もし見つかるようなら転職するのもいいでしょう。けど、あなたの気に入るような会社はおそらくそのうちに潰れかけると思いますよ。会社が再建に向かってやり方を変えると、そこでまたあなたは転職を考えるでしょう。

つまり、あなたの気に入るような会社はすべて潰れへの道を辿ると考えていいでしょう。

会社勤めはあなたには向いていないと思います。たとえあなたを雇う企業が見つかったとしても、行かない方がいい。いや、行ってはいけない。行かないで下さい。もしあなたを雇う気になった会社があったとしたら、私はその会社に行って絶対やめるように忠告したいと思います。

## カンペキな夫になぜかイライラしてしまうんです。

（六十歳女性・主婦）

# Q

六十代、子供も独立し、夫婦二人きりの生活です。

一昨年、主人が定年を迎えて、いつも家にいるようになりました。

そうなると面倒くさいとかうっとうしいという話をよく耳にしますが、うちはまったくそういうことはないんです。

主人は「これからは健康第一だ」と退職後すぐにジョギングを始め、スポーツジムにも通って体を鍛えています。ほかにも、前からやりたかったという水彩画をカルチャースクールで習い始め、写生旅行などでしょっちゅう出かけています。

現役の頃は、家事はすべて専業主婦の私まかせでしたが、「私が病気になったときに何もできないと困るでしょ」と洗濯の仕方や簡単な料理を教えたら、「けっこう面白い」と積極的にやってくれるようになりました。

お荷物になるどころか、私の負担が減ったぐらいで、友人たちには「亭主のカガミだわ！」「うちのダンナも少しは見習ってほしい～」と、羨ましがられています。

私も本当にラッキーだしありがたいとは思うのですが……そんな夫の姿を見ていると、なぜだかイライラしてしまうんです。

走っているおかげで風邪ひとつひかず、現役の頃より健康なくらいですし、時間を気にせず好きなことに没頭できているせいか、いつもニコニコ上機嫌、ゴミ出しや買い物を頼んでも、イヤな顔ひとつせずすぐやってくれます。

こんなカンペキな夫に苛立たしさをおぼえるなんて、私のほうがおかしいに決まっているので、本人にはもちろん誰にも言えずにいますが、イライラは膨らむばかり。

いったいどうしたらいいんでしょう？　このモヤモヤした気持ちから抜け出す方法をどうか教えてください！

## へぇー、これが「完璧な夫」なの？

A

ゴミ出し、買い物、料理、洗濯、家事すべてに於いていやな顔もせず、ジョギングをして健康体、水彩画をたしなみ、常にニコニコ上機嫌。

これを完璧な夫であると評価するとは。大正生まれの私にいわせると、こんなのは「便利な夫」というべきシロモノですよ。

例えば大地震、火事、暴漢など、突然の災難に際してビクともせず、身を挺して立ち向かい守ってくれる夫などを「完璧な夫」であると私などは誉めたたえるのですがねえ。

どんなことを完璧と思うかは人によってそれぞれ違うものだから、あなたがイラッとするのはべつにそれでいいんじゃないですか。うちの夫が完璧？ジョーダンでしょ！と思ってればいいだけのこと。どんな夫婦だってイライラしたりモヤモヤしたりしているもので、それが人間です。夫に対してイライラもモヤモヤもなく、すべて完璧、と満足している奥さんがいるとしたら、よっぽどおめでたい人か、夫を騙してよくないことをしている悪妻か。

夫を「完璧」だなどと思う必要なし。

「便利なだけの夫だけど有難い」と思っていればいいんです。

# 不倫している友人が羨ましい。

（四十二歳女性・主婦）

Q

私のママ友が不倫しています。相手は韓国の方です。韓流ドラマ好きの彼女が韓国を旅行したときに現地で知り合ったそうで、三か月に一回はお相手とドラマのようなデートをしていると言います。

私が咎めると、彼女はいとも簡単に、

「みんなしてるわよ」

と笑いました。私が知らないだけでママ友の半分はボーイフレンドがいるというのです。

「子供たちが義務教育を卒業してくれたのよ。今度は私たちが髪振り乱して自転車こいで走り回る慌ただしさから卒業するの」

彼女は最近すっかりきれいになりました。ホットヨガに通い、韓国語を習い、茶色い髪は伸ばしてクルリンと巻いています。高いソプラノはつやつやして聞こえるし、ピンヒールを履いても転びません。

「あなたねぇ、私たちの下の世代なんかボーイフレンドのいないママ友は話題に入っていけなくて女子会でハブられてるって話よ」

私はムカムカして答えました。

「そんな話題、どこが楽しいの？」

ところが彼女と別れて帰宅する途中、突如としてなんともいえない寂寥感が襲ってきました。かかとの低い幅広パンプスを見下ろすうちに、自分がどんどんみじめになっていったのです。

先生、正直に言います。私も彼氏が欲しいです。おしゃれしてデートしたいです。

もう一度、青春を取り戻したいと願うことはいけないのでしょうか？

自分でいうのもなんですが、私だってがんばればまだまだイケると思います。

# ためしに一度やってみれば？

**A**

不倫してもう一度青春をとり戻したい？

そう願うことはいけないかって？

いけないとはいわないいけれど、くだらんですねえ。不倫で青春がとり戻せるものか。本気でそう思っているんですか？

不倫というものは夫を裏切り子供を騙すことですよ。理性では鎮めることの出来ない強い激しい情念につき動かされて、何も見えなくなって突っ走ってしまう業ともいうべき行為です。懊悩の坩堝にはまることです。退屈しのぎのセックス遊びで青春が（どんな青春か知らんけど）とり戻せるわけがない。

なんならためしに一度やってごらん。経験したら目が覚めることもあるから。

なに？　相手はどこでどうして見つけるのかって？

知らんよ、そんなこと。尻軽ママ友に教えてもらったら？

# 部屋が全然片づけられないんです……。

（二十九歳女性・会社員）

Q

私はいわゆる「片づけられない女」です。

1DKのマンションで一人暮らしをしていますが、そんなに散らかしているつもりはないのに、ふと気がつくとテーブルにも床にもベッドにも服やモノが散乱していて、まさに足の踏み場もない有様になってしまうのです。

衛生的に汚いのは許せないので、食器などはきちんと洗っているし、キッチンまわりはとてもきれいなんですが、そのほかのもの（服やバッグや化粧品、本、雑誌、こまごました雑貨など）が、なぜか片づけられないんです。

洗濯もこまめにしているのに、取り込んだものをつい放りっぱなしにしてしまうため、着ようと思った時にどこにあるかわからなくて困ることもしょっちゅうです。

不思議なことに会社ではそういうことは全くなくて、むしろ「あなたの机はいつもきれいね」と同僚に褒められるくらいなのです。

このままでは恋人ができても（恋人がいたことはありませんが……）部屋に呼ぶこともできません。どうすれば、自分の部屋もちゃんと片づけられるようになるのか、アドバイスをいただけませんか。

# 好きなように生きればいいのよ。

# A

この頃はなぜか片づけない人、片づけられない人が増えているようで、テレビなどでもゴミの中に平気で埋もれて寝ている人を見たりしますが、そういう人は極度の不精者で、それが高じて不潔に対する感性が欠落してしまった人だろうと思っていました。

しかしこの相談者は衛生的に汚いのは許せないという清潔好き、しかし衛生とは関係のない用品となると片づけられないという、ゴミ屋敷住人としては変種ですね。

「不思議なことに会社ではそういうことは全くなくて、むしろあなたの机はいつもきれいね、と同僚に褒められるくらいなのです」

と、まるで他人ごとみたいにいっておられる。「このままでは恋人が出来ても部屋に呼ぶことは出来ないよ」と、普通なら第三者がいう言葉を自分で自分に向かっていっている。自分で自分を不思議がり、その上このままでは恋人が出来ても呼べないことまで予見して心配している。

周りの人から忠告された人が、いい返す決まり文句に、「何もわかってないあなたからいわれる筋合はない」とか「いったいあなたにわたしの何がわかるのよ」というのが定番だけれど、あなたの場合は相手と一緒になって自己批判をし「不思議だねえ」と不思議がっているところが実に珍しい。

だから、このままでいいんじゃないか、と私は思いますよ。あなたは好きに暮らしているんですから。何のかのいっても人は皆、好きなように生きているんです。とりあえずのあなたの心配は恋人が出来ても部屋に呼ぶことが出来ないということですよね。しかしこういう珍種のあなたには恋人はそう簡単に出来ないでしょうから、そう急ぐこともないんじゃないですか。

このまま好きなように暮らせばいい。誰にも迷惑をかけず、自分の好きに暮らすのが一番の幸福です。

## 人類はなぜ歴史から学ぶことができないのでしょう？

（四十五歳男性・会社員）

# Q

よくいわれることですが、有史以来、人類の歴史は殺戮（さつりく）の連続であり、最近頻発しているテロやイスラム国の事件などは、まるで中世に戻ったかのような印象を受けます。

なぜ、人類はこのような愚かさから脱却し、お互いを思いやる心を持つことができないのか。なぜ、これまでの長い歴史から学ぶことができないのか。

二十代、三十代の頃にはあまり感じなかったことなのですが、最近しみじみ考えてしまいます。自分自身が人生の折り返し地点を過ぎ、次世代に何を残すのか考えることが多くなったせいもあると思いますが、なんともむなしい心持ちになります。

佐藤愛子さんは、こうしたことについてどのような感慨をお持ちになりますか？　ぜひお聞きしたいと思います。

## 人間って情けない生きものなんですよ。

# A

あなたが考えておられるほど、人類は賢くないのです。私はそう思います。

人の本能は常に前へ前へと行きたがるようですね。

原子力というものは、たとえどんなに人類の暮らしに役立つ面があるとしても、平和利用でさえ廃棄するべきだ、といったのは確かドイツの哲学者ハイデッガーだったと思います。その言葉を読んだ時、私は心からそうだ、その通り、と思いました。

しかし、原子力の平和利用を人類は捨てることが出来なかった。人間の情けないところは、目の前の利便に目がくらんでしまうところです。

かつて人類は神の存在を信じ、怖れつつしむことを知っていました。神のご意志はどこにあるかということを、何かにつけて考えました。かつて人間は非力で、それゆえ謙虚だったのです。

科学は人間が考え出したものです。科学の進歩によって人は神の存在、その意志や力を信じなくなり、今は科学信仰の時代になりました。実在する証拠がない存在は信じない。神の存在は物理的に証明出来ないから信じない。そうして物質的価値観にどっぷり浸って、今ではどの国もどの人も経済繁栄のみを追っている。

自然を破壊し、地球が温暖化して気候変化が起きていても、考えることは文明を進歩させることばかり。地球が滅びの道を辿っていることにも反省がない。かつての人類の歴史にはなかった文明を目ざして、地球の資源を食い尽くした後は宇宙開発に向かうのでしょう。

「次世代に何を残すか」なんて、いってる場合じゃない。次世代のありようなんて、私には想像出来ません。人間は変質しつつある。

——なるようになるんだろ、勝手にやれ。

九十ババアの私はそう思っています。それだけです。

# 解説　「やさしいボロクソ」

杉山響子

母のところにはよく相談の電話がかかる。夫の浮気から心霊現象、友達づきあい、借金苦までいろいろだ。母はふんふんと聞いて、時々、

「あなたね、泣いたって解決しないでしょう」

とか、

「自分で戦おうとしない人間はダメですよ」

と怒る。

あとで「電話の相手誰だったの？」と聞くと「知らん人」と母は答える。

「よくかけてくる人だよ」

知らん人相手によくそんなにボロクソに言えるなあ、と私はびっくりする。同時にボロクソに怒られるのによく懲りずに電話してくるなぁ、と不思議にも

思う。

「私の声を聞くと元気が出るんだとさ」

叱られると元気が出るとはどういうことだろう？　私にはわからない。

この本も同じだ。母の回答は電話と同じ。ボロクソでメチャクチャで、時には相談事そのものに怒りを爆発させる。これでは確かに「役に立たない」だろう。

けれどもこの解説を書く内、私は思い直すようになってきた。この本は正しいのではないか。

相談者が求めているのは本当に「正解」か？　悩める人に一番必要なのは「元気」なのではないか？

元気は「生きる力」そのものだ。悩みを解決するより、悩みを吹き飛ばす力を身につける方がずっと生きやすくなるのではないか、そんな風に考え始めたのだ。

母の回答はムチャクチャだ。こんな答え方をするのは母だけだと思う。ムチヤクチャを言って相談者を元気にするのも母くらいだ。そういう意味ではこの本は「役に立つ」に違いない。

（佐藤愛子・長女）

本書は、ポプラ社より刊行された単行本『佐藤愛子の役に立たない人生相談』(二〇一六年六月)、『役に立たない人生相談2　好きなようにやればいい。』(二〇一八年五月)の二冊を再構成したものです。文庫化にあたり、加筆修正を加えています。

佐藤愛子の
役に立たない人生相談

佐藤愛子

2021年 8 月5日　第1刷発行

発行者　千葉 均
発行所　株式会社ポプラ社
〒102-8519　東京都千代田区麹町4-2-6
ホームページ　www.poplar.co.jp
フォーマットデザイン　bookwall
印刷・製本　中央精版印刷株式会社


N.D.C.914/254p/15cm　ISBN978-4-591-17077-9



P8101427